James Patterson

O Diário de Suzana para Nicolas

ARQUEIRO

Título original: *Suzanne's Diary for Nicholas*

tradução: Cássia Zanon

preparo de originais: Sheila Til

revisão: Anna Carla Ferreira, Cristhiane Ruiz e Gypsi Canetti

diagramação: Ana Paula Daudt Brandão

capa: Zack I. Haaum

adaptação da capa: Marcelo Morais

impressão e acabamento: Associação Religiosa Imprensa da Fé

CIP-BRASIL. CATALOGAÇÃO-NA-FONTE
SINDICATO NACIONAL DOS EDITORES DE LIVROS, RJ

P597d

Patterson, James, 1947-
O diário de Suzana para Nicolas / James Patterson
[tradução de Cássia Zanon]; São Paulo: Arqueiro, 2012.
144p.; 14x21 cm; ed. popular

Tradução de: Suzanne's diary for Nicholas
ISBN 978-85-8041-076-1

1. História de suspense. 2. Ficção americana.
I. Zanon, Cássia, 1974-. II. Título.

12-3755 CDD: 813
CDU: 821.111(73)-3

Rua Funchal, 538 – conjuntos 52 e 54 – Vila Olímpia
04551-060 – São Paulo – SP
E-mail: atendimento@editoraarqueiro.com.br
www.editoraarqueiro.com.br

Katie

Katie Wilkinson estava mergulhada na água quente em seu apartamento em Nova York. A banheira de louça era antiga e fora de moda, mas ainda assim maravilhosa. O apartamento tinha um ar *vintage* romântico e funcional. Guinevere, sua gata persa, se encarapitara na pia como um casaco de lã cinza que Katie houvesse acabado de tirar. Merlin, seu labrador preto, estava deitado no chão em frente à porta que dava para o quarto. Os dois a observavam com um ar de preocupação.

Katie abaixou a cabeça quando terminou de ler o diário encadernado em couro e o colocou sobre o banquinho de madeira ao lado da banheira. Sentiu o corpo estremecer.

Então começou a soluçar e viu que suas mãos tremiam. Estava perdendo o controle e isso não era algo que acontecesse com frequência. Ela era uma pessoa forte, sempre fora. Sussurrou as palavras que ouvira uma vez na igreja do pai em Asheboro, na Carolina do Norte:

– Senhor, oh, Senhor, *onde* o Senhor está?

Jamais imaginaria o efeito perturbador que aquelas páginas poderiam ter sobre ela. É claro que não havia sido apenas o diário que a deixara tão confusa e tensa.

Não, não havia sido apenas o diário de Suzana para Nicolas.

A imagem de Suzana lhe veio à cabeça. Katie a *vira* em sua casa tão singular na Beach Road, em Martha's Vineyard.

Então pensou no pequeno Nicolas aos 12 meses de idade, com olhos azuis absolutamente brilhantes.

E, por fim, visualizou Matt.

Pai de Nicolas.

Marido de Suzana.

E ex-namorado de Katie.

O que ela pensava de Matt agora? Poderia algum dia perdoá-lo? Não tinha certeza. Mas finalmente compreendia um pouco do que havia acontecido. O diário tinha apontado pequenos traços do que ela precisava saber, bem como lhe revelara segredos dolorosos de que talvez não quisesse tomar conhecimento.

Katie afundou um pouco mais na água e se viu pensando no dia em que havia recebido o diário: 19 de julho.

A lembrança fez com que começasse a chorar novamente.

NA MANHÃ DO DIA 19, Katie sentira-se atraída ao rio Hudson e acabara indo até o píer da empresa que vendia passeios de barco ao redor da ilha de Manhattan. Uma vez, de brincadeira, ela e Matt haviam feito aquela pequena viagem. Mas acabaram gostando tanto que a repetiram muitas vezes.

Embarcou no primeiro passeio do dia. Estava triste, mas com raiva também. Deus do Céu, ela não sabia o que estava sentindo.

Naquele horário, o barco não ficava tão cheio de turistas. Pegou um lugar perto do parapeito do deque superior e observou Nova York de sua posição privilegiada.

Algumas pessoas a notaram sentada ali sozinha – principalmente os homens.

Katie normalmente se destacava em meio à multidão. Era alta – quase 1,80 metro – e tinha olhos azuis amistosos e simpáticos. Sempre pensara em si mesma como desajeitada e tinha a sensação de que chamava atenção por todos os motivos errados. As amigas discordavam. Garantiam que ela era de tirar o fôlego, um arraso. Katie sempre reagia dizendo: "Ah, tá. Quem me dera." Não se via dessa maneira e sabia que jamais veria. Era uma pessoa comum, como outra qualquer. No fundo, era só uma menina que crescera em uma fazenda da Carolina do Norte.

Costumava prender os cabelos castanhos numa longa trança, algo que fazia desde os 8 anos. Antes isso a deixava com uma aparência de moleca, mas agora lhe dava um quê de garota descolada da cidade grande. Sem querer, seu penteado estava na moda. Toda a maquiagem que usava se resumia a um pouco de rímel e, às vezes, batom. Naquele dia, não passara nada. Definitivamente, não estava de tirar o fôlego de ninguém.

Sentada no deque superior, lembrou-se de uma de suas falas preferidas do filme *Uma aventura na África*: "Cabeça erguida, queixo para fora, cabelos ao vento, a imagem perfeita da heroína", Humphrey Bogart provocava Katherine Hepburn. Esse pensamento a alegrou um pouco – um *tiquinho*, como a mãe dizia.

Seus olhos estavam inchados depois de tantas horas chorando. O homem que ela amava havia terminado com ela na noite anterior – de repente e sem explicação. Tinha sido um golpe para ela. Não esperava por aquilo. Quase não podia acreditar que Matt a deixara.

Desgraçado! Como pôde fazer isso? Mentiu para mim todo esse tempo – durante tantos meses? É claro que mentiu! Filho da mãe! Cretino!

Queria pensar no que havia acontecido para separá-los, mas eram só os bons momentos que tinham passado juntos que lhe vinham à mente.

Mesmo a contragosto, tinha de admitir que sempre conseguira conversar abertamente com ele sobre qualquer coisa, sem dificuldades. Falava com Matt da mesma forma como batia papo com as amigas. Até elas, que sabiam ser implicantes quando queriam e que não tinham muita sorte com homens, gostavam de Matt. *O que aconteceu?* Era o que queria desesperadamente saber.

Ele *era* atencioso – ao menos *havia sido*. Em junho ele lhe enviara uma rosa por dia porque era "seu mês de aniversário". Sempre parecia perceber se ela havia usado aquela blusa ou aquele casaco antes, sempre notava os sapatos dela, seus humores – os bons, os maus e, de vez em quando, os péssimos.

Gostavam das mesmas coisas – ou pelo menos era o que ele dizia. Assistir a *Ally McBeal* e *O desafio* na TV, alugar *Memórias de uma gueixa,* ler *Moça com brinco de pérola*. Sair para jantar no One if by Land Two if by Sea e *depois* beber alguma coisa. Comer no Waterloo em West Village, no Coup em East Village ou no Bubby's na Hudson Street. Ver filmes estrangeiros no cinema Lincoln Plaza. Apreciar fotos antigas em preto e branco e pinturas a óleo que encontravam em mercados de pulgas. Ir a Nolita e Williamsburg.

Nas manhãs de domingo ele ia à igreja com Katie, onde ela dava aulas de catecismo para as crianças em idade pré-escolar. À tarde ficavam no apartamento dela – Katie lendo o *Times* de cabo a rabo e Matt revisando os poemas dele, que ficavam espalhados na cama e pelo chão do quarto e até mesmo sobre a mesa de madeira da cozinha.

Deixavam música tocando baixinho ao fundo. Tracy Chapman ou Macy Gray, às vezes Sarah Vaughan. Delicioso. Perfeito de todas as maneiras.

Ele fazia com que ela se sentisse em paz consigo mesma, ele a completava, fazia *alguma coisa* que era boa e certa. Ninguém a fizera se sentir daquele jeito antes. Inteira e abençoadamente em paz.

O que poderia ser melhor do que estar apaixonada por Matt?

Nada que Katie conhecesse.

Uma noite, pararam num barzinho com jukebox na Avenida A. Os dois dançaram e Matt cantou "All Shook Up" no ouvido dela, imitando Elvis de um jeito divertido e inesperadamente bom. Depois Matt fez um Al Green ainda melhor, deixando-a de queixo caído.

Ela queria ficar com ele o tempo todo. Era piegas, mas era verdade.

Quando ele estava em Martha's Vineyard, onde morava e trabalhava, os dois se falavam por telefone durante horas todas as noites ou trocavam e-mails bem-humorados. Chamavam isso de "caso de amor a distância". Só que ele nunca deixava Katie ir visitá-lo. Teria sido *esse* o sinal de alerta?

De alguma forma, tinha funcionado bem – foram 11 maravilhosos meses que pareceram passar num instante. Katie esperava que em breve ele a pedisse em casamento. Estava segura disso. Tinha até contado para a mãe. Mas havia se enganado. Muito. Chegava a ser patético. Sentia-se uma idiota – e se odiava por isso.

Como podia ter estado tão absurdamente errada a respeito dele? A respeito de tudo? Como não tinha sido alertada por seus instintos? Eles costumavam funcionar. Ela era uma pessoa inteligente. Não se enganava assim.

Até agora. E, Deus do Céu, ela havia cometido um erro impressionante.

Katie de repente se deu conta de que estava soluçando e de que todos ao redor a encaravam.

– Desculpem – disse, fazendo um sinal para que eles, por favor, parassem de olhar para ela. Corou. Estava envergonhada e se sentindo idiota. – Eu estou bem.

Mas ela não estava bem.

Nunca se sentira tão magoada em toda a vida. Nada sequer se comparava a isso. Ela havia perdido o único homem que amara. Nossa, como amava Matt.

KATIE NÃO CONSEGUIU ir trabalhar naquele dia. Não conseguiria encarar o pessoal do escritório. Ou um estranho no ônibus. Já havia sido alvo de muitos olhares curiosos no barco.

Quando voltou para casa, havia um pacote encostado na porta da frente.

Pensou que fosse um manuscrito enviado pela editora. Xingou baixinho. Será que não podiam deixá-la em paz um minuto? Tinha o direito de tirar um dia para si de vez em quando. Eles sabiam que ela se dedicava, que amava seus livros. Sabiam quanto se importava com o trabalho.

Era editora sênior numa prestigiada editora de Nova York especializada em poesia e romances literários. As pessoas eram simpáticas e o ambiente, agradável. Ela adorava seu trabalho. Tinha sido lá que conhecera Matt. Fazia cerca de um ano que ela se entusiasmara ao ler o manuscrito do primeiro livro de poesia dele e comprara seus direitos de publicação de uma pequena agência literária de Boston.

Os dois se deram bem logo de cara, *muito* bem. Poucas semanas depois, estavam apaixonados – ou pelo menos era nisso que ela acreditava do fundo do coração, da alma, do corpo, da mente, da intuição feminina.

Como podia estar tão errada? O que havia acontecido? Por quê?

Quando se abaixou para pegar o pacote, reconheceu a caligrafia. *Era de Matt.* Não havia dúvida quanto a isso.

Quase deixou o pacote cair. Teve vontade de atirá-lo longe. Mas não foi o que fez.

Controlada demais, esse era o problema dela. *Um* dos problemas. Katie ficou olhando fixamente para o pacote durante algum tempo. No fim, respirou fundo e rasgou o embrulho de papel pardo.

O que encontrou foi um pequeno diário com jeito de antigo. Katie franziu a testa. Não estava entendendo. Então começou a sentir o estômago revirar.

Na capa estava escrito à mão "Diário de Suzana para Nicolas". Escrito à mão, mas não com a letra de Matt.

Seria a letra de Suzana?

De repente, Katie sentiu a cabeça girando. Mal conseguia respirar. Também não conseguia raciocinar direito. Matt sempre fora reservado e reticente sobre seu passado. Uma das poucas coisas que ela havia descoberto era o nome da esposa dele: Suzana. A informação escapara numa noite, depois de duas garrafas de vinho. Mas Matt não quisera falar mais nada sobre o assunto.

As únicas discussões deles eram motivadas pelo silêncio de Matt a respeito de seu passado. Katie insistia em saber mais e isso só o fazia se calar, o que não era típico dele. Depois de uma briga de verdade, ele lhe garantira que já não estava casado com Suzana. Ele jurara. Depois dissera que aquilo era tudo o que iria contar sobre o assunto.

Quem era Nicolas? E por que Matt havia mandado aquele diário? Por que agora? Estava perplexa e mais do que perturbada.

Os dedos tremeram ao abrir o diário na primeira página. Havia um bilhete de Matt preso a ela. Os olhos de Katie começaram a se encher de lágrimas, que ela secou com raiva. Leu o que ele havia escrito.

Querida Katie,

Nada do que eu dissesse ou fizesse poderia chegar perto de expressar o que estou sentindo. Foi tudo culpa minha. Assumo toda a responsabilidade. Sinto muito pelo que permiti que acontecesse entre nós. Você é perfeita, maravilhosa, linda. Não foi você. Fui eu.

Talvez este diário explique as coisas melhor do que eu jamais conseguiria. Se puder, leia-o.

É sobre minha mulher, meu filho e eu.

Preciso avisá-la, porém, de que algumas partes provavelmente serão difíceis de suportar.

Nunca planejei me apaixonar por você, mas me apaixonei.

Matt

Katie virou a página.

O Diário

Nicolas querido, meu pequeno príncipe,

Por muitos e muitos anos eu me perguntei se algum dia seria mãe.

Naquele tempo, eu às vezes sonhava acordada pensando que seria maravilhoso e sábio gravar uma fita de vídeo a cada ano para contar a meus filhos quem eu era, o que eu pensava, quanto os amava, minhas preocupações, o que me emocionava, me fazia rir ou chorar e me fazia pensar de formas diferentes. Além, é claro, de todos os meus segredos mais íntimos.

Eu adoraria ter recebido fitas de minha mãe e meu pai contando-me quem foram e o que sentiam por mim e em relação ao mundo. Porque não sei quem eles são, e isso é meio triste. Não, é muito triste.

Por isso vou gravar um vídeo por ano para você. Mas tem mais uma coisa que quero fazer, meu amorzinho.

Quero fazer um diário, *este* diário, e prometo escrever nele com frequência.

No momento em que escrevo este primeiro texto, você tem duas semanas de idade. Mas quero começar contando algumas coisas que aconteceram antes de você nascer. Quero começar *antes* do começo, por assim dizer.

Isto é para você, Nick: a história de Nicolas, Suzana e Matt.

Vou começar por uma noite de primavera, quente e agradável, em Boston.

Na época, eu era funcionária do Hospital Geral de Massachusetts. Fazia oito anos que eu me tornara médica. Havia coisas que eu amava em meu trabalho: ver os pacientes melhorando, e até mesmo ficar ao lado daqueles que sabíamos que não se recuperariam. Mas também tinha a burocracia e os problemas do sistema de saúde pública do nosso país. E, claro, as minhas próprias imperfeições.

Eu tinha acabado de sair de um plantão de 24 horas e estava mais cansada do que você poderia imaginar. Fui passear com meu golden retriever, Gustavus, também conhecido como Gus.

Acho que preciso traçar um retrato de mim mesma naquela ocasião. Eu tinha quase 1,70 metro e longos cabelos loiros. Não era linda, mas tinha uma boa aparência e um sorriso amigável na maior parte do tempo para a maior parte dos seres humanos. Não me preocupava *muito* com as aparências.

Era sexta-feira e lembro que o fim de tarde estava muito agradável, com uma luz linda. Era o tipo do dia pelo qual dá gosto viver.

Ainda me lembro de tudo como se tivesse acabado de acontecer.

Gus começou a correr, perseguindo um pobre pato que havia saído do lago. Estávamos no Jardim Público de Boston, perto dos pedalinhos. Era nosso passeio de rotina, principalmente quando Michael, meu namorado, estava trabalhando. E naquela noite ele estava.

Gus se soltou da guia e eu saí correndo atrás dele. Ele era um caçador talentoso. Vivia capturando bolas, frisbees, embalagens de papel, bolhas de sabão, reflexos nas janelas do meu apartamento, o que fosse.

Enquanto corria atrás de Gus, senti de repente a pior dor de toda a minha vida. *Meu Deus, o que é isto?*

Foi uma dor tão forte que caí no chão.

Então piorou. Sentia pontadas intensas percorrendo meu braço, nas costas e até no maxilar. Fiquei ofegante. Não conseguia respirar. Não conseguia me concentrar em nada no Jardim Público. Tudo se transformou em um borrão. Não tinha certeza do que estava acontecendo comigo, mas alguma coisa me dizia: *coração.*

O que estava havendo comigo?

Queria gritar pedindo ajuda, mas mesmo dizer algumas palavras estava além das minhas forças. As árvores do jardim giravam ao meu redor. Pessoas preocupadas começaram a se aproximar e a se agrupar perto de mim.

Gus voltou assustado. Pude ouvi-lo latindo. E então ele começou a lamber meu rosto, mas eu mal sentia sua língua.

Eu estava deitada de costas, segurando o peito.

Coração? Meu Deus. Eu só tenho 35 anos.

"Chamem uma ambulância", alguém gritou. "Ela está passando mal. Acho que está morrendo."

Não estou morrendo! Queria gritar. *Não posso estar morrendo.*

Minha respiração estava ficando mais fraca e eu estava apagando, indo rumo ao nada. *Ah, Deus*, pensei. *Continue viva, respire, fique consciente, Suzana.*

Foi quando pensei em procurar uma pedra perto de mim. *Agarre-se a esta pedra,* disse a mim mesma, *segure firme.* Acreditei que a pedra era a única coisa que me manteria presa ao chão naquele momento assustador. Queria chamar por Michael, mas sabia que não adiantaria.

Devo ter ficado desmaiada por vários minutos. De repente voltei a mim e me dei conta do que acontecia. Eu estava sendo levada para dentro de uma ambulância. Lágrimas escorriam pelo meu rosto. Meu corpo estava encharcado de suor.

A paramédica não parava de dizer: "A senhora vai ficar bem. Está tudo bem com a senhora." Mas eu sabia que não estava.

Olhei para ela com toda a força que consegui reunir e sussurrei: "Não me deixe morrer."

Fiquei segurando a pedrinha com força durante todo o tempo. A última coisa de que me lembro é uma máscara de oxigênio sendo colocada sobre o meu rosto, uma fraqueza mortal se espalhando pelo corpo e a pedra por fim caindo da minha mão.

Então, Nicky,

Eu estava com apenas 35 anos quando tive aquele infarto em Boston. Passei por uma cirurgia de ponte de safena no Hospital Geral de Massachusetts no dia seguinte. Fiquei de licença em casa por quase dois meses e foi durante a minha recuperação que tive tempo de pensar, pensar de verdade, talvez pela primeira vez na vida.

Avaliei cuidadosa e dolorosamente a minha vida em Boston, quanto ela havia se tornado corrida: plantões, pesquisas, horas extras, jornadas duplas, trabalho em excesso. Pensei em como eu vinha me sentindo antes daquele terrível acontecimento. Também examinei a minha própria negação. Minha avó havia morrido por causa de problemas cardíacos. Minha família tinha histórico de doenças cardíacas. E ainda assim eu nunca havia tomado os cuidados necessários.

Foi durante meu período de recuperação que um amigo me contou a história das cinco bolas. Nunca se esqueça desta história, Nicky. Ela é muitíssimo importante.

É o seguinte.

Imagine que a vida seja uma brincadeira em que você fica fazendo malabarismo com cinco bolas. As bolas se chamam trabalho, família, saúde, amigos e integridade. Você está mantendo todas as bolas no ar e um dia finalmente se dá conta de que o trabalho é uma bola de borracha. Se você a deixar cair, ela vai pular de volta. As outras quatro bolas – família, saúde, amigos e integridade – são feitas de vidro. Se você deixar cair alguma, ela vai ficar arranhada ou lascada ou vai se quebrar de vez. Depois de compreender a lição das cinco bolas, você terá começado a atingir o equilíbrio na sua vida.

Nicky, *eu finalmente compreendi.*

Nick,

Como você pode imaginar, isso tudo foi antes do papai, antes do Matt.

Deixe-me falar sobre o Dr. Michael Bernstein.

Conheci Michael em 1996, na festa de casamento de John Kennedy e Carolyn Bessette na ilha de Cumberland, na Georgia. Devo admitir que ambos havíamos tido vidas de muita sorte até então. Meus pais morreram quando eu tinha 2 anos, mas tive a felicidade de ser criada com muito amor e paciência por meus avós em Cornwall, no estado de Nova York. Estudei na Academia Lawrenceville em Nova Jersey, depois na Duke e por último na Faculdade de Medicina de Harvard.

Eu me sentia incrivelmente privilegiada por ter sido aluna de cada uma dessas três instituições e não poderia ter recebido uma instrução melhor – exceto pelo fato de não ter aprendido em qualquer uma delas a lição das cinco bolas.

Michael também estudou na Faculdade de Medicina de Harvard, mas havia se formado quatro anos antes de eu entrar lá. Só viemos a nos conhecer naquele casamento. Eu era convidada de Carolyn e Michael, de John. Foi uma cerimônia linda, cheia de esperança e promessas. Talvez isso tenha ajudado a nos unir.

Mas o que nos manteve junto pelos quatro anos seguintes foi um pouco mais complicado. Em parte, foi pura atração física (algum dia vou falar com você sobre isso, mas não agora). Michael era – *é* – alto e elegante, com um sorriso encantador. Nós tínhamos muitos interesses em comum. Eu adorava as histórias dele, sempre tão divertidas, diretas e sarcásticas. Adorava ouvi-lo tocar piano e cantar o que fosse, de Frank Sinatra a Sting. Além disso, ambos éramos workaholics – eu no Hospital Geral de Massachusetts, Michael no Hospital Infantil de Boston.

Mas nada disso é amor de verdade, Nicolas. Pode acreditar em mim.

Um dia, cerca de um mês depois do meu infarto, acordei às oito da manhã e o apartamento estava num silêncio tão bom que resolvi ficar deitada mais um pouco, aproveitando aquela tranquilidade. Afinal me levantei e fui até a cozinha para preparar o café da manhã antes de sair para o médico.

Dei um pulo para trás quando ouvi um barulho – uma cadeira arranhando o piso. Nervosa, fui ver quem estava lá.

Era o Michael. Fiquei surpresa ao vê-lo ainda em casa, já que ele sempre saía antes das sete. Estava sentado à mesinha de madeira em que costumávamos tomar o café. "Você quase me fez infartar", eu disse, fazendo piada.

Michael não riu. Só deu um tapinha na cadeira ao lado dele.

Então, com a calma e o amor-próprio a que eu já estava acostumada, Michael contou quais eram os três principais motivos pelos quais estava terminando nosso relacionamento. Disse que não conseguia conversar ou se relacionar comigo como fazia com os amigos homens, que achava que eu não poderia mais ter filhos por causa do ataque cardíaco e que estava apaixonado por outra pessoa.

Saí correndo de casa. A dor que senti naquela manhã foi ainda pior do que a do infarto. Nada estava certo na minha vida. Eu tinha feito tudo errado até então. *Tudo!!!*

Eu adorava ser médica, mas atendia num hospital grande e burocrático demais em um centro urbano. E isso simplesmente não era o melhor para mim.

Eu estava trabalhando demais – porque não havia mais nada de valor na minha vida. Ganhava bem, mas gastava tudo em jantares na cidade, viagens de finais de semana e roupas de que eu não precisava ou de que nem gostava tanto assim.

Sempre quisera ter filhos, a vida inteira. No entanto, ali estava eu, sem um companheiro, sem um filho, sem um plano ou qualquer perspectiva de mudar nada disso.

Então eis o que eu fiz, meu menininho: comecei a *viver* a lição das cinco bolas.

Pedi demissão do Hospital Geral de Massachusetts. Saí de Boston. Deixei para trás todos os compromissos que estavam me matando. E me mudei para o único lugar do mundo em que sempre fui feliz, fui para lá a fim de curar meu coração.

Eu vinha dando voltas e mais voltas sem chegar a lugar algum, vivia no limite. Alguma coisa em minha vida acabaria não aguentando essa rotina. Infelizmente, foi meu coração.

Não foi uma mudança pequena, Nicky. Eu havia decidido mudar tudo.

Nicky,

Cheguei à ilha de Martha's Vineyard como uma turista desajeitada, arrastando a bagagem do meu passado, ainda sem saber o que fazer com ela. Eu passaria os primeiros meses alimentando-me de comida integral e vegetais frescos e jogando fora revistas velhas que haviam me seguido até a casa nova. Também procuraria um emprego.

Dos 5 aos 17 anos, passei todos os verões em Martha's Vineyard com meus avós. Meu avô era arquiteto, como meu pai também tinha sido, e não precisava de um escritório para trabalhar. Minha avó Isabelle era dona de casa e tinha o talento de deixar tudo mais confortável e aconchegante do que qualquer um poderia imaginar.

A ideia de estar de volta a Martha's Vineyard me fazia bem. Eu adorava tudo lá. Gus e eu costumávamos ir à praia no começo da noite e ficávamos lá até não haver mais luz. Brincávamos com uma bola ou às vezes com um frisbee, depois nos aninhávamos num cobertor para esperar o sol se pôr.

Eu havia acertado de assumir o consultório de um clínico geral que estava se mudando para Illinois. De certa forma, estávamos trocando de vida. Ele ia para Chicago justamente quando eu deixava a vida na cidade grande. Minha sala era um dos cinco consultórios médicos de uma casa branca de madeira em Vineyard Haven. A casa tinha mais de 100 anos e quatro lindas cadeiras de balanço antigas na varanda da frente. Até eu tinha uma cadeira de balanço na mesa em que trabalhava.

Ser médica do interior soava lindamente para mim, como a sineta de recreio das escolas rurais. Fiquei com vontade de pendurar uma placa dizendo: SUZANA BEDFORD – MÉDICA DO INTERIOR.

Voltei a dar consultas em meu segundo mês em Martha's Vineyard.

Emily Howe, 70 anos, bibliotecária, honrada integrante do grupo Filhas da Revolução Americana, severa, firme e contra tudo o que houvesse acontecido a partir de 1900, mais ou menos. Diagnóstico: bronquite. Prognóstico: bom.

Dorris Lathem, 93 anos, viúva três vezes, teve 11 cachorros que morreram devido a complicações da idade, sobreviveu a um incêndio em casa. Saudável como um cavalo. Diagnóstico: velha senhora. Prognóstico: viverá para sempre.

Earl Chapman, pastor presbiteriano. Principal característica: sempre achava que estava certo. Diagnóstico: diarreia aguda. Prognóstico: possível reincidência do que o Criador deve considerar um acerto de contas.

Minha primeira lista de pacientes parecia conter as anotações de um poeta. Imaginei um médico caminhando pelas ruas de Vineyard no início do século XX, com o vento gelado soprando das colinas distantes, o leite congelando na entrada das casas ao lado de carrinhos de mão afundados na lama de inverno. Lá estaria ele, atendendo tarde da noite a um menino que caiu do trenó e feriu o braço e o orgulho.

Aquilo era para mim. Apenas uns 10 quilômetros de água e 120 de estrada me separavam de Boston, mas eu agora estava vivendo uma fantasia que ficava a anos-luz da realidade de lá.

Eu me sentia como se tivesse voltado para casa.

Nicolas,

Eu não fazia ideia de que o amor da minha vida estava aqui, só esperando por mim. Se fizesse, teria corrido direto para os braços do papai. Na mesma hora.

Quando cheguei a Martha's Vineyard, estava insegura sobre tudo, mas principalmente sobre onde me instalar. Dirigi pela ilha em busca de alguma coisa que dissesse "lar", "você vai ficar bem aqui" ou "não precisa procurar mais".

Há lugares lindos na nossa ilha, mas, embora eu a conhecesse bem, ela me parecia diferente daquela vez.

Tudo estava diferente porque *eu* me sentia diferente. O lado oeste da ilha sempre foi especial para mim, porque passei muitos verões maravilhosos lá. Parecia um livro infantil ilustrado com fazendas e cercas, estradas de terra e penhascos. O leste era um turbilhão de mirantes, sacadas amplas, faróis e portos.

Mas foi uma casa da virada do século com uma entrada para embarcações que conquistou meu coração. Ainda sou apaixonada por ela. É realmente um lar.

Precisava de reformas, mas estava preparada para o inverno. E eu me apaixonei à primeira vista, ao primeiro cheiro, ao primeiro toque. Vigas robustas – que um dia serviram de apoio aos barcos que eram guardados ali – cruzavam o teto. No andar de cima, acabei instalando portinholas para deixar o sol entrar formando círculos de luz. *Tive* de pintar as paredes de azul, porque todo o andar de baixo se abria para o mar, com grandes portas de correr que traziam para dentro tudo o que pudesse estar do lado de fora.

Você pode imaginar como era, Nicky, viver praticamente na praia desse jeito? Meu corpo e minha alma, cada pedaço de mim sabia que eu tinha tomado a decisão certa. Até meu lado racional estava de acordo. Eu agora morava entre Vineyard Haven e Oak Bluffs. Às vezes trabalhava em casa ou visitava pacientes. O restante do tempo, atendia no hospital de Martha's Vineyard ou no pequeno pronto-socorro de Vineyard Haven, onde também fazia meu acompanhamento cardiológico.

Exceto por Gus, ficava sozinha, levando uma vida solitária, mas me sentia feliz a maior parte do tempo.

Talvez fosse porque na época não fizesse ideia do que estava perdendo: *seu papai e você.*

Nicolas,

Eu estava voltando do hospital de carro quando ouvi um barulho estranho. O que era aquilo? *Pssssss...*

Tive que parar no acostamento e descer do meu Jeep para dar uma olhada.

Ah, que ótimo. Um pneu do lado direito estava completamente vazio. Eu até poderia trocá-lo – se não tivesse tirado o estepe para dar espaço para todas as minhas coisas na mudança.

Peguei o celular e liguei para o posto de gasolina, furiosa comigo mesma por precisar chamar alguém. Um cara atendeu e me tratou com certo paternalismo. *Outro* cara viria consertar o pneu furado. Isso fez com que me sentisse "uma mulherzinha", algo que eu detestava. Eu sabia trocar pneu perfeitamente bem. Tenho orgulho da minha autossuficiência e independência. E da boa e velha teimosia.

Estava encostada na porta do lado do carona, fingindo admirar a paisagem e tentando aparentar para os carros que passavam que era esse o motivo da minha parada, quando um carro estacionou bem atrás do meu.

E não era do posto de gasolina, com certeza.

A menos que eles tivessem mandado um Jaguar conversível.

"Está precisando de ajuda?", perguntou um homem. Ele já estava caminhando em direção ao meu carro e, sinceramente, eu não conseguia tirar os olhos dele.

"Não, obrigada... liguei para o posto. Vão chegar logo. Obrigada, mesmo assim."

Havia algo familiar nele. Fiquei me perguntando se havia cruzado com ele em alguma das lojas da ilha. Ou quem sabe no hospital.

Mas ele era alto e bonito. Imaginei que me lembraria. Tinha um sorriso simpático e tranquilo, além de um jeito descontraído.

"Posso trocar o pneu", ele se ofereceu, e de alguma forma conseguiu *não* soar paternalista quando disse isso. "O modelo do meu carro é sofisticado, mas eu, na verdade, não."

"Obrigada, mas tirei o meu estepe para ganhar espaço para coisas mais importantes, como meu aparelho de som e minha coleção de castiçais antigos."

Ele riu... e foi *tão familiar*. Quem era ele? De onde eu o conhecia?

"Mas fico lisonjeada", continuei. "Um homem num conversível reluzente disposto a trocar um pneu para mim..."

Ele riu de novo – uma risada simpática. *Muito familiar.*

"Ah, 'eu sou vasto... contenho multidões.'"

"Walt Whitman!", eu disse, e então me lembrei de quem ele era. "Você fazia isso *o tempo todo*, citar Walt Whitman. *Matt?*"

"Suzana Bedford! Eu tinha quase certeza de que era você."

Ele ficou muito surpreso de cruzar comigo desse jeito depois de tanto tempo. Devia fazer quase 20 anos desde a última vez que tínhamos nos visto.

Matt Wolfe estava ainda mais bonito do que eu me lembrava. Tinha 37 anos e o passar do tempo havia lhe feito bem. Era magro, com cabelos castanhos bem curtos e um sorriso encantador. Estava ótimo. Ficamos conversando no acostamento. Ele havia se tornado advogado e também negociava obras de arte. Tive que rir quando ele me disse isso. Matt costumava brincar que jamais se tornaria um homem de negócios.

Ele não se surpreendeu quando soube que eu era médica. O que o espantou foi o fato de eu não estar com alguém, de ter voltado para Martha's Vineyard *sozinha.*

Ficamos ali, falando de nossas vidas. Ele era divertido, bom de conversa. Na época em que namorávamos, Matt tinha 18 anos e eu, 16. Foi o último ano em que meus avós alugaram uma casa de veraneio na ilha, mas eu evidentemente nunca me esqueci dela ou de seus muitos encantos. Sonhava com o mar e as praias de lá desde que me dava por gente.

Acho que ambos ficamos um pouco decepcionados ao ver o guincho amarelo parando atrás de nós. Sei que eu fiquei. Pouco antes de me virar para ir embora, Matt resmungou algumas palavras sobre como aquilo havia sido legal - o meu pneu furado. Então me perguntou o que eu ia fazer no sábado à noite.

Acho que fiquei vermelha. Sei que fiquei.

"Você está me convidando para sair?"

"Sim, Suzana, estou. Agora que encontrei você de novo, quero ver você *de novo*."

Eu disse que adoraria sair com ele no sábado. Meu coração estava batendo forte, o que interpretei como um ótimo sinal.

Nick,

Quando cheguei em casa no final daquela mesma tarde, havia um homem sentado na minha varanda. Eu não fazia a menor ideia de quem seria. Não podia ser o cara da TV a cabo nem o da companhia telefônica, já que ambos tinham estado lá no dia anterior.

Era o faz-tudo que ia me ajudar com qualquer coisa no chalé que precisasse de uma tomada, um acabamento ou uma escada para chegar lá.

Enquanto dávamos uma volta pelo chalé, fui apontando vários dos problemas que eu havia herdado: janelas que não fechavam, pisos que prendiam as portas, um vazamento no banheiro, uma bomba d'água com defeito, uma calha quebrada e uma casa inteira precisando ser lixada e pintada.

A casa era muito bonitinha, mas nada prática.

Mas o homem foi ótimo: tomou notas, fez perguntas inteligentes e me disse que poderia arrumar tudo até antes do próximo milênio. Fechamos o negócio ali mesmo (o que me deu a nítida sensação de que eu havia me saído muito bem).

De repente, a vida estava parecendo muito melhor. Eu tinha um novo consultório que adorava, um faz-tudo bem recomendado e um encontro com Matt.

Quando finalmente fiquei sozinha em meu chalé de frente para o mar, joguei os braços para cima e gritei *viva*.

Então eu disse: "Matt Wolfe. Hum. Imagine só. Que legal. Que bacana."

Nick,

Quase todo mundo um dia já sonhou o que aconteceria se alguém de quem gostava na época da escola ou da faculdade ressurgisse em sua vida. Para mim, essa pessoa era o Matt.

Quem sabe ele fosse uma pequena parte do que havia me atraído de volta a Martha's Vineyard? Provavelmente não, mas quem pode saber dessas coisas?

Mesmo assim, eu me atrasei quase uma hora para nosso encontro de sábado à noite. Precisei internar um paciente, voltar correndo para casa e dar de comer ao Gustavus, me arrumar e encontrar meu bipe antes de sair. Além disso – preciso confessar –, sou um pouco desorganizada às vezes. Meu avô costumava dizer: "Suzie, você tem *muita* coisa na cabeça."

Quando entrei no Lola's, que é um lugar bacana da praia entre Vineyard Haven e Oak Bluffs, Matt estava esperando com uma garrafa de vinho. Parecia relaxado, o que me agradava. Além de bonito – e isso também não era ruim.

"Matt, sinto muito, muito mesmo", eu disse. "Este é um dos problemas de sair com médicos."

Ele riu.

"Depois de 20 anos... o que são 20 minutos? Ou 50? E, além disso, você está linda, Suzana. Você vale a espera."

Fiquei lisonjeada, ainda que um pouco envergonhada. Fazia algum tempo que ninguém me elogiava, nem mesmo brincando. Mas eu gostei. E a noite passou suavemente, como se deslizasse em lençóis de cetim.

"Então você voltou de vez para Vineyard?", Matt perguntou depois de eu lhe contar alguns dos acontecimentos – não todos – que levaram à minha decisão. Não falei sobre o infarto. Iria falar, mas depois.

"Adoro esta ilha. Sempre adorei. Sinto como se tivesse voltado para casa", eu disse. "Sim, voltei para sempre."

"Como estão os seus avós?", ele perguntou. "Eu me lembro dos dois."

"Meu avô está ótimo. Mas minha avó morreu há seis anos. Do coração."

Matt e eu conversamos sem parar – sobre trabalho, verões em Vineyard, faculdade, nossos 20 anos, nossos 30, sucessos e decepções. Entre os 20 e os 30 anos, ele havia morado no mundo todo: Positano, Madri, Londres, Nova York. Tinha 28 quando entrara para a Faculdade de Direito da Universidade de Nova York e fazia dois anos que havia voltado para Vineyard. Adorava aquele lugar. Foi muito bom conversar com ele de novo, uma viagem maravilhosa pela estrada das lembranças.

Depois do jantar, Matt me acompanhou em seu carro até em casa, enquanto eu dirigia na frente. Estava apenas sendo gentil. Quando chegamos ao chalé, saímos de nossos carros e conversamos um pouco mais sob uma linda lua cheia. Eu estava me divertindo de verdade.

Ele começou a rir.

"Você se lembra do nosso primeiro encontro?", perguntou.

Eu lembrava. Tinha chovido muito e faltara luz. Eu me arrumei no escuro e, por engano, peguei uma lata de aromatizador de ambientes em vez de spray de cabelo. Passei toda a noite com aquele cheiro.

Matt fez uma careta e perguntou: "Você se lembra da primeira vez que eu tive coragem de beijar você? Provavelmente não. Eu estava apavorado."

Isso me surpreendeu um pouco.

"Eu não percebi. Pelo que lembro, você sempre foi muito seguro."

"Meus *lábios* tremiam e eu estava batendo os dentes. Eu era muito a fim de você. E não era o único."

Dei risada. Aquilo podia ser uma bobagem, mas era divertido. De certa forma, sair com Matt de novo era a realização de uma fantasia.

"Não acredito em nada disso, mas estou adorando ouvir."

"Suzana, posso beijar você?", perguntou ele com a voz suave.

Dessa vez era *eu* que estava tremendo um pouco. Tinha perdido a prática.

"Tudo bem. Quer dizer, tudo ótimo."

Matt se inclinou para a frente e me beijou com toda a doçura. Um único beijo, apenas um. Mas foi o máximo, depois de todos aqueles anos.

Querido Nicky,

Bizarra! Às vezes esta é a única palavra que posso usar para descrever a vida. Simplesmente bizarra.

Lembra-se do faz-tudo de que eu tinha falado? Bem, ele foi à minha casa na manhã seguinte ao meu encontro com Matt, para dar um jeito em algumas coisas. Percebi a presença dele por causa do lindo buquê de flores do campo que me deixara.

Lá estavam elas: cor-de-rosa, vermelhas, amarelas, azuis e roxas, lindas num vaso de vidro ao lado da porta da frente.

Muito doce, muito gentil e inesperadamente tocante.

Primeiro pensei que eram de Matt, mas, puxa vida, não eram.

Havia também um bilhete. *Cara Suzana, sua cozinha ainda está sem luz, mas espero que essas flores iluminem um pouco o seu dia. Talvez possamos sair qualquer hora dessas para fazer o que você quiser, onde você quiser.* Ele assinou *Van Gogh – mais conhecido como o cara que pinta as paredes da sua casa.*

Aquilo mexeu comigo. Até a noite anterior, eu não havia saído com ninguém desde que viera de Boston. Não tivera vontade de sair com ninguém depois que Michael Bernstein me deixara.

Enfim, ouvi o pintor/faz-tudo martelando alguma coisa em algum lugar e saí. Lá estava ele, encarapitado feito uma gaivota no alto do telhado íngreme.

"Van Gogh", gritei. "Muito obrigada pelas flores. São um presente lindo. Você foi muito gentil."

"Ah, de nada. Elas me lembraram você e eu não resisti."

"Bem, você adivinhou: são as minhas preferidas."

"O que me diz, Suzana? Quem sabe um dia desses a gente possa sair para comer, passear, ver um filme, fazer palavras cruzadas. Esqueci alguma opção?"

Sorri sem querer.

"As coisas estão meio malucas para mim agora, com os pacientes e tudo o mais. Preciso dar prioridade a isso por enquanto. Mas foi muito legal da sua parte me convidar."

Ele aceitou meu não com tranquilidade e um sorriso. Depois passou a mão pelo cabelo e disse:

"Entendo. Mas você deve saber que, se não sair comigo ao menos uma vez, terei que aumentar o preço."

"Não, eu não sabia disso", respondi.

"Pois é. Também acho desprezível, uma política de negócios muito injusta. Mas o que se há de fazer? O mundo é assim."

Dei uma risada e disse a ele que levaria o assunto em consideração.

"Aliás, quanto devo pelo trabalho extra que você já fez na garagem?", perguntei.

"Aquilo? Não foi nada... nada mesmo. De graça."

Dei de ombros, sorri e acenei. O que ele tinha dito era bom de ouvir – talvez porque o mundo *não* fosse assim.

"Obrigada, Van Gogh."

"Não há de quê, Suzana."

E ele retomou a sua tarefa de pôr um teto sobre minha cabeça.

Querido Nicolas,

Estou cuidando de você enquanto escrevo e só posso dizer que você é maravilhoso.

Às vezes, olho para você e simplesmente não acredito que seja meu. Você tem o queixo do seu pai, mas tem o meu sorriso.

A caixinha de música do seu berço toca "Whistle a Happy Tune", do musical *O rei e eu*. Quando puxamos a cordinha e a melodia começa, você ri na mesma hora. Acho que o papai e eu adoramos ouvir essa canção tanto quanto você.

Às vezes, à noite, quando estou voltando tarde para casa ou dando uma caminhada, ouço essa melodia na minha cabeça e sinto muita saudade de você.

Neste exato momento você está dormindo e eu queria apenas pegá-lo no colo e segurá-lo o mais perto de mim possível.

A outra coisa que sempre faz você dar risada é "uni, duni, tê". Não sei por quê. Talvez seja o som ou o ritmo das palavras. Só que, quando chegamos ao "sorvete colorê", você já está dando gargalhadas.

É difícil imaginar você com qualquer outra idade que não seja a que tem agora. Mas acho que todas as mães tendem a pensar nos filhos assim, a congelá-los no tempo e guardá-los na mente como flores em uma gaveta, perfeitos e eternos. Às vezes, quando nino você, sinto como se estivesse segurando um pedacinho do céu nos braços. Tenho a sensação de que há muitos anjos protetores ao seu redor, ao nosso redor.

Agora acredito em anjos. Só de olhar para você, meu menininho querido, é impossível não acreditar.

Estou pensando em quanto eu amei você quando estava na minha barriga, em como o amei *no instante em que nos conhecemos*. Quando o vi pela primeira vez, você olhou direto para o papai e para mim. A expressão em seus olhos dizia: "Oi, eu estou aqui!"

Você estava muito alerta, conferindo tudo ao redor. Finalmente o papai e eu pudemos vê-lo depois de nove meses imaginando como você seria. Segurei a sua cabeça e a encostei gentilmente em meu peito. Você era 2,7 quilos de pura felicidade.

Depois que eu o segurei, foi a vez do papai. Ele não conseguia acreditar como um bebê de apenas alguns minutos de idade podia estar olhando direto para ele.

O menininho do Matt.

Nosso pequeno Nicolas.

Katie

O MENININHO DO MATT.
Nosso pequeno Nicolas.

Katie Wilkinson largou o diário, suspirou, depois respirou fundo. Sentia a garganta seca e dolorida. Passou os dedos nos pelos macios de Guinevere e a gata ronronou baixinho. Assoou o nariz num lenço de papel. Não estava preparada para aquilo. Definitivamente não estava preparada para Suzana.

Ou para Nicolas.

E, acima de tudo, não para Nicolas, Suzana e Matt.

– Isto é tão maluco e tão ruim, Guinny – disse ela para a gata. – Eu me meti numa baita confusão. Meu Deus, que desastre.

Katie se levantou e ficou andando de um lado para o outro no apartamento. Sempre tivera muito orgulho dele. Grande parte da decoração havia sido feita por ela mesma. Adorava a ideia de vestir uma camiseta e um short confortável e passar o dia montando armários e estantes. Sua casa tinha móveis antigos de madeira, velhos tapetes bordados e pequenas aquarelas.

Ela colocara em seu escritório o antigo armário de compotas da avó, que ainda guardava o cheirinho de doces feitos em casa. Agora ele exibia vários livros de papel-pergaminho costurados a mão que a própria Katie fizera. Aprendera a encadernar na Escola de Artesanato de Penland, na Carolina do Norte. Havia uma frase que ela adorava e na qual acreditava: "Mãos à obra e coração em Deus."

Katie tinha muitas perguntas a fazer e ninguém para respondê-las. Bem, isso não era de todo verdade. Havia o diário.

Suzana.

Gostava dela. Droga, ela gostava de Suzana. Não queria, mas era o que estava acontecendo. Em circunstâncias diferentes, era provável que elas fossem amigas. Katie tinha amigas como Suzana em Nova York e também na Carolina do Norte. Laurie, Robin, Susan, Gilda, Lynn – várias boas amigas.

Suzana havia sido corajosa ao deixar Boston e se mudar para Martha's Vineyard. Tinha ido para lá à procura de ser a médica e a mulher que sonhara.

Havia aprendido uma lição com seu ataque cardíaco quase fatal: aproveitar cada instante da vida como se fosse um *presente*.

E quanto a Matt? O que Katie significava para ele? Seria apenas mais um caso de amor condenado ao fim? Katie se sentia uma pecadora. De repente, tinha vergonha de si mesma. Quando era criança, o pai costumava lhe perguntar: "Você está agindo de acordo com Deus, Katie?" Agora ela já não tinha certeza. Não sabia se suas ações estavam de acordo com ninguém. Nunca havia se sentido assim e não estava gostando da sensação.

– Idiota – sussurrou. – Imbecil. Você não, Guinevere. Estou falando do Matt! Cretino!

Por que Matt não havia simplesmente dito a verdade? Ele estava traindo uma esposa maravilhosa? Por que não contara sobre Suzana? Ou sobre Nicolas?

Como Katie podia ter permitido que Matt escondesse esse passado? Ela não havia insistido tanto quanto poderia. Por quê? Não era do seu feitio pressionar. E também não gostava de ser pressionada. Com certeza não tinha a menor inclinação para confrontos.

Mas o motivo mais forte havia sido a expressão que tomava conta dos olhos de Matt toda vez que começavam a falar sobre o passado dele. Havia uma tristeza muito grande – mas também sinais de raiva. E Matt havia *jurado* que não era mais casado.

Katie não parava de se lembrar da noite terrível em que Matt a deixara. Ainda estava tentando entender. Será que tinha sido boba por confiar nele, alguém que ela acreditava *amar*?

Na noite do dia 18 de julho, ela havia preparado um jantar especial. Cozinhava bem, embora raramente tivesse tempo de fazer algo muito elaborado. Arrumara seu belo jogo de porcelana e os talheres da avó na mesa de ferro da pequena varanda. Comprara uma dúzia de rosas, vermelhas e brancas. Pusera Toni Braxton, Anita Baker, Whitney Houston e Eric Clapton no CD player.

Quando Matt chegou, ela lhe fez uma surpresa maravilhosa: entregou-lhe o primeiro exemplar do livro de poemas que ele escrevera e que ela havia editado. Tinha sido um trabalho feito com amor. Também deu a ele a notícia de que a edição teria 11 mil exemplares – um número surpreendente para uma coletânea de poemas. "Você está no caminho certo. Não se esqueça dos amigos quando ficar famoso", Katie brincara.

Menos de uma hora depois, ela estava se derramando em lágrimas, tremendo e se sentindo em um pesadelo. Ela percebera que havia algo errado assim que Matt chegara. Estava nos olhos dele e em seu tom de voz.

Matt enfim lhe dissera: "Katie, precisamos terminar. Não posso continuar com você. Não venho mais a Nova York. Sinto muito. Eu precisava dizer pessoalmente. Foi por isso que vim. Sei como isso parece horrível e inesperado."

Não, ele não sabia, não fazia ideia. Ela ficara arrasada. *Ainda* estava. Tinha confiado nele, se abrira como a nenhuma outra pessoa... E acabara magoada.

E ela queria conversar com ele. Tinha coisas importantes a dizer. Mas simplesmente não tivera chance.

Depois que ele fora embora, ela abrira uma gaveta da antiga cômoda que ficava perto da porta que dava para a varanda.

Lá estava escondido outro presente para Matt.

Um presente especial.

Katie o pegou e começou a tremer de novo. Sentiu os lábios estremecerem e os dentes baterem. Não conseguia evitar, não conseguia parar. Desatou a fita, rasgou o papel de presente e então abriu a pequena caixa retangular.

Ah, Meu Deus!

Katie começou a chorar no instante em que olhou para o conteúdo da caixinha. Sentiu as lágrimas escorrendo em seu rosto. A dor foi quase insuportável.

Tinha uma notícia muito importante e maravilhosa para compartilhar com Matt naquela noite.

Dentro da caixa havia um chocalho de prata.

Ela estava grávida.

O Diário

Nicolas,

Este é o ritmo da minha vida, regular e reconfortante como as marés do Atlântico que eu acompanho da casa. É muito natural, bom e certo. No fundo do coração, sei que este é o meu lugar.

Acordo às seis da manhã e levo Gus para uma longa caminhada até depois da fazenda Rowe. Há um vasto campo onde deixam os cavalos, que Gus sempre para e fica observando. Imagino que ele ache que sejam golden retrievers gigantes. Acabamos saindo numa faixa de praia margeada por dunas de cerca de três metros com uma vegetação que balança ao vento e parece acenar para nós. De vez em quando aceno para ela também (às vezes sou tão maluca que chega a ser constrangedor).

O trajeto varia, mas em geral acabamos passando pela propriedade de Mike Straw, que tem um caminho ladeado por antigos carvalhos. Quando está quente ou chovendo, as árvores servem de proteção. Gus parece gostar dessa parte do dia quase tanto quanto eu.

O que eu mais gosto nessas caminhadas é a sensação de tranquilidade e paz interior. Acho que grande parte disso se deve ao fato de eu ter retomado as rédeas da minha vida e salvado a mim mesma.

Lembre-se das cinco bolas, Nicky – lembre-se sempre das cinco bolas.

É exatamente nisso que penso quando começo a percorrer a longa estrada que nos leva de volta para casa.

Pouco antes de entrar no caminho de carros, passo pela casa vizinha dos Bone. Melanie Bone foi muitíssimo gentil e generosa quando me mudei e ajudou com tudo o que pôde: de martelo, pregos e tintas a uma lista de telefones úteis. Ela ainda me deixava ligar da casa dela e sempre me oferecia uma limonada bem gelada. Foi com ela que consegui o número do faz-tudo.

Ela tem a minha idade e quatro filhos (que Deus a ajude). Sempre fico impressionada com quem consegue fazer isso. Todas essas mães são incríveis.

O simples fato de manterem as atividades extracurriculares das crianças é como administrar um acampamento de férias. Melanie é uma mulher pequena, com pouco mais de 1,50 metro de altura. Tem os cabelos muito pretos e um sorriso simpático encantador.

Já contei que as crianças dos Bone são todas meninas? E têm entre 1 e 4 anos! Como sempre fui péssima com nomes, eu as organizo chamando-as pelas idades. "A Dois está dormindo?" "É a Quatro que está brincando no balanço?" "Acho que isto vai servir na Três."

Os Bone riem quando faço isso e acham tão divertido que elegeram Gus um número cinco honorário. Nossa, se as pessoas ficassem sabendo do meu sistema, jamais iriam ao consultório da Dra. Bedford.

Mas as pessoas vão ao meu consultório, Nicky, e eu as curo. E estou curando a mim mesma.

Agora preste atenção no que aconteceu depois. Tive outro encontro com o Matt. Fui convidada para uma festa na casa dele.

Meu homenzinho,

A casa ficava em Vineyard Haven e era bonita, de bom gosto, impressionante e muito cara. Não pude deixar de ficar admirada. Todos os homens, mulheres e até mesmo crianças ao redor pareciam se enquadrar num único grupo: o de pessoas bem-sucedidas. Era o mundo de Matt. Parecia que toda a parte rica de Nova York, inclusive a elite das áreas mais elegantes de Manhattan, estava em Vineyard. Havia convidados em todos os deques, caminhos de pedra e vários ambientes maravilhosamente bem decorados que se abriam para o mar sem fim.

A casa com toda certeza não tinha nada a ver *comigo*, mas mesmo assim eu pude perceber sua beleza e o amor que haviam dedicado ao decorá-la.

Matt me pegou pelo braço e me apresentou a seus amigos. Ainda assim, me senti deslocada. Não sei exatamente por quê. Eu tinha ido a muitos eventos como aquele em Boston. Solenidades de inauguração de novas alas no hospital, coquetéis grandes e pequenos, uma quantidade interminável de convites para eventos sociais que viravam notícia nos jornais de Boston.

Mas eu de fato me senti desconfortável. Não quis dizer isso a Matt para não estragar a noite dele. Meus passatempos em Martha's Vineyard eram atividades mais caseiras. Cultivar uma horta, instalar persianas e impermeabilizar o piso da varanda.

A certa altura da festa, cheguei a conferir se minhas mãos não estavam com nenhum resquício da tinta branca que havia usado.

Sabe qual era a sensação, Nick? Às vezes, quando ficamos nós dois sozinhos, conversamos na língua do Nicky. É aquela linguagem especial de palavras inventadas, barulhos estranhos e engraçados e outros códigos e sinais que só nós dois entendemos. Daí alguém toca a campainha - ou nós precisamos ir ao mercado ou alguma outra coisa - e eu posso jurar que *esqueço* como falar como uma adulta.

Era assim que eu estava me sentindo nessa festa. Eu havia passado muito tempo usando botas de borracha e macacões manchados de tinta. Estava fora de sincronia com aquele mundo. Gostava do novo ritmo que estava criando para mim mesma. Tranquilo, simples, descomplicado.

Então, quando eu estava pela festa passeando e participando de bate-papos até agradáveis, uma vozinha, *uma voz de criança,* falou comigo.

Um menininho se aproximou de mim chorando. Devia ter uns 3 ou 4 anos. Não vi pai, mãe ou babá por perto.

"O que aconteceu?", eu me abaixei e perguntei. "Você está bem, garotão?"

"Eu caí", ele soluçou. "Olhe!"

E quando olhei, vi um arranhão feio em seu joelho. Tinha até um pouco de sangue.

"Como ele sabe que você é médica, Suzana?", perguntou Matt.

"As crianças sabem essas coisas", respondi. "Vou levá-lo para dentro para limpar o joelho. Este vestido branco era para ser chique, mas acho que pareceu um jaleco para ele."

Estendi a mão e o menininho a segurou. Disse que se chamava Jack Brandon. Era o filho de George e Lillian Brandon, que estavam na festa. Com um vocabulário muito adulto, ele explicou que a babá estava doente e os pais haviam precisado levá-lo.

Quando passamos pela porta dos fundos, uma mulher se aproximou de mim preocupada.

"O que aconteceu com o meu filho?", perguntou ela, parecendo realmente irritada.

"Jack levou um tombo. Vamos pegar um band-aid", disse Matt.

"Não é nada sério", disse eu. "Foi só um arranhão. Eu sou Suzana, aliás, Suzana Bedford."

A mãe de Jack me deu apenas um breve aceno de cabeça. Quando tentou pegar a mão do menino, ele se virou inesperadamente e abraçou minhas pernas.

Percebi que a mãe ficou incomodada. Virou-se para uma amiga e disse:

"Ela está pensando que é médica, é?"

Nick,

Olhe só, preste atenção, a parte que vou contar agora é mágica. Isso existe. *Pode acreditar em mim.*

Numa noite, depois de um dia muito longo no consultório, a intrépida médica do interior decidiu comer alguma coisa a caminho de casa.

Eu estava cansada demais para cozinhar, ou mesmo ter de decidir o que preparar. Naquela noite, um hambúrguer do Harry's estaria de bom tamanho. Se viesse acompanhado de uma porção de batatas fritas, então, seria a forma perfeita de terminar o dia. Eu precisava de um prazer proibido.

Acho que passava um pouco das oito quando entrei na lanchonete. Eu não o vi inicialmente. Ele estava sentado ao lado da janela, jantando e lendo um livro. Na verdade, eu estava na metade do meu hambúrguer quando o vi. Era Van Gogh, o meu pintor.

Eu havia tido muito pouco contato com ele desde que recebera aquelas lindas flores do campo no vaso de vidro. Às vezes, quando estava saindo para o trabalho, eu o ouvia consertando alguma coisa no telhado ou o flagrava pintando a casa, mas raramente trocávamos mais do que meia dúzia de palavras.

Levantei para pagar a conta. Eu poderia ter ido embora sem dar oi, já que ele estava de costas para mim, mas isso me pareceu indelicado e esnobe.

Parei na mesa dele e perguntei como estava. Ele ficou surpreso de me ver e perguntou se eu não queria tomar um café, comer uma sobremesa ou qualquer outra coisa. Por sua conta.

Dei uma desculpa qualquer, dizendo que precisava voltar para casa e cuidar do Gus, mas ele já estava arrumando um lugar para mim e acabei me sentando. Gostei da voz dele – não tinha dado atenção a ela antes. Gostei dos olhos também.

"O que você está lendo?", perguntei, sentindo-me constrangida, talvez um pouco assustada, e querendo puxar papo.

"Duas coisas... *Moby Dick*", disse ele, exibindo um exemplar. "E *Pescar truta na América.* Caso eu não pegue a baleia, já tenho um plano B."

Dei risada. Van Gogh era muito inteligente. E engraçado.

"*Moby Dick,* hum, é a sua leitura de férias ou uma ressaca de culpa porque nunca o leu até o final na escola?"

"As duas alternativas", admitiu ele. "É uma daquelas tarefas que fica a vida inteira em nossa lista de coisas a fazer. O livro fica lá olhando para a gente e dizendo: 'Não vou embora até que você me leia.' Agora estou eliminando os clássicos para poder finalmente me concentrar em romances baratos."

Ficamos conversando por mais de uma hora naquela noite e o tempo simplesmente passou voando. De repente me dei conta de como estava escuro lá fora.

"Preciso ir embora. Vou pegar cedo no trabalho amanhã", disse eu.

"Eu também", respondeu ele, sorrindo. "Minha chefe atual praticamente me escraviza."

Dei risada.

"Pois é, fiquei sabendo."

Levantei e, por algum motivo tolo, apertei a mão dele.

"Van Gogh, eu nem sei o seu nome de verdade", disse.

"É Matthew", respondeu ele. "Matthew Harrison."

Seu pai.

Quando voltei a encontrar Matt Harrison, ele estava pairando sobre o mundo, em cima do meu telhado, martelando com vigor. Era definitivamente um bom funcionário, cuidadoso. Foi alguns dias depois da nossa conversa no Harry's.

"Ei, Van Gogh!", gritei, desta vez sentindo-me mais relaxada e até feliz por vê-lo. "Quer um refresco ou alguma outra coisa?"

"Estou quase terminando. Já vou descer. Adoraria uma bebida gelada."

Ele entrou no chalé cinco minutos depois. Estava moreno feito uma moeda de cobre.

"Como estão as coisas no playground das gaivotas?", perguntei.

Ele riu.

"Bem... e quentes. Acredite se quiser, estou quase terminando seu telhado."

Droga. Justo agora que eu estava começando a gostar de tê-lo por perto.

"E como estão as coisas aqui embaixo?", perguntou Matt, sentando-se na cadeira de balanço com sua bermuda desfiada e a camisa aberta. A cadeira escorregou para trás e bateu na treliça que apoiava as flores da varanda.

"Muito bem", respondi. "Nenhuma história trágica nas trincheiras hoje, o que é bom. Na verdade, eu adoro o meu trabalho."

De repente, atrás de Matt, a treliça se soltou e começou a cair na nossa direção. Demos um pulo, mas conseguimos evitar que ela tombasse de vez e a empurramos de volta ao lugar. Nossas cabeças ficaram cobertas de pétalas de rosa e clematites.

Quando olhei para o meu faz-tudo, comecei a rir. Parecia uma dama de honra malvestida. Ele reagiu imediatamente dizendo:

"Ah, e você, que está parecendo a Carmen Miranda?"

Matt pegou martelo e pregos e prendeu a treliça. Meu único trabalho foi segurá-la no lugar enquanto isso.

Senti sua perna musculosa e firme roçar na minha. Depois, senti seu peito tocar minhas costas quando ele se pôs atrás de mim para bater o último prego.

Estremeci. *Ele tinha feito aquilo de propósito? O que estava acontecendo ali?*

Nossos olhares se cruzaram e algo importante pareceu passar num flash entre nós. O que quer que tenha sido, me agradou.

Por impulso, ou talvez por instinto, perguntei se ele queria ficar para o jantar.

"Nada de mais. Bife grelhado e milho... coisa simples", eu disse.

Ele hesitou e eu me perguntei se ele tinha alguém. Era um homem muito bonito. Mas minha insegurança evaporou quando ele disse:

"Estou meio sujo, Suzana. Você se importaria se eu tomasse um banho? Adoraria ficar para jantar."

"Tem toalhas limpas embaixo da pia", eu disse.

Assim, ele subiu para tomar banho e eu fui fazer o jantar. A sensação foi boa. De algo natural, simples, familiar.

Foi quando me dei conta de que não tinha nem bifes nem milho. Por sorte, Matt nunca ficou sabendo que fui à casa de Melanie pedir comida... e que ela me deu vinho, velas e até mesmo meia torta de cereja para a sobremesa. Também me disse que adorava Matt, que todo mundo gostava dele, e *que sorte a sua.*

Depois do jantar, ficamos sentados na varanda conversando. Mais uma vez o tempo voou e, quando olhei para o relógio, vi que já eram quase 11 horas. Mal pude acreditar.

"Amanhã é dia de trabalhar no hospital", eu disse. "Tenho que fazer a ronda do começo da manhã."

"Eu gostaria de retribuir a gentileza", disse Matt. "Levá-la para jantar amanhã. Posso convidá-la para jantar comigo, Suzana?"

Não conseguia tirar meus olhos dos dele. Os olhos de Matt eram de um castanho incrivelmente suave.

"Sim, é claro. Mal posso esperar", eu disse. Simplesmente saiu.

Ele riu.

"Você não precisa *esperar*. Eu ainda estou aqui, Suzana."

"Eu sei... e gosto disso. Mas, ainda assim, mal posso esperar por amanhã. Boa noite, Matt."

Ele se inclinou para a frente, beijou meus lábios de leve e foi embora.

O amanhã finalmente chegou. Veio trazido por Gus. Todo dia, bem cedinho, ele vai até a varanda e busca o jornal. Que cachorro legal e companheiro!

Naquela tarde, Van Gogh me levou para passear em sua velha caminhonete e pude ver Martha's Vineyard como nunca havia notado. Eu me senti como uma turista. A ilha é cheia de belos recantos, fendas e paisagens impressionantes que nunca deixam de me surpreender e encantar.

Acabamos o passeio nos lindos e multicoloridos penhascos de Gay Head. Matt me lembrou de que um dos personagens de *Moby Dick*, o arpoador Tashtego, era um indígena nativo daquela região. Eu tinha esquecido.

Uns dias mais tarde, depois de ele terminar algumas coisas na casa, saímos para outro passeio.

Dois dias depois, fomos até a ilha Chappaquiddick. Havia uma plaquinha minúscula na praia: POR FAVOR, NÃO PERTURBE NEM MESMO OS MEXILHÕES OU AS VIEIRAS. Legal. Nós não perturbamos ninguém.

Sei que pode parecer bobo, mas para mim bastava estar no carro com Matt. De repente olhei para ele e pensei: *Ei, estou com um cara muito legal e vamos sair em busca de aventura.* Fazia muito tempo que eu não me sentia desse jeito. Isso estava me fazendo falta.

Foi naquele exato momento que Matt me perguntou no que eu estava pensando.

"Em nada. Só curtindo a paisagem", respondi. Foi como se tivesse sido flagrada fazendo algo proibido.

"Se eu adivinhar, você me diz?", ele insistiu.

"Claro."

"E, se eu adivinhar", continuou ele, sorrindo, "nós vamos ter mais um encontro. Talvez amanhã."

"Mas se não adivinhar, nunca mais nos veremos. Vamos apostar alto."

Ele riu e disse: "Não se esqueça de que eu ainda estou pintando a sua casa."

"Você prejudicaria a pintura por vingança, não é?"

Matt fingiu ter ficado ofendido:

"Eu sou Van Gogh. Sou um artista." Ele fez uma pausa, piscou para mim e então acertou na mosca: "Você estava pensando em *nós*."

Nem disfarçar eu consegui. Fiquei completamente vermelha.

"Talvez."

"Sim!", gritou ele, erguendo os braços em triunfo. "E aí?"

"É melhor você ficar com as mãos no volante. E aí o quê?"

"E aí, o que você quer fazer amanhã?"

Comecei a rir e me dei conta de que fazia isso com frequência quando estava com ele.

"Não faço ideia. Gus está precisando de um bom banho, então só tinha imaginado fazer isso, ir ao mercado e talvez alugar um filme. Estava pensando em pegar *O príncipe das marés*."

"Parece ótimo. Perfeito. Adorei o livro, mas nunca vi o filme. Fiquei com medo do resultado. Se quiser companhia, eu adoraria assistir com você."

Eu precisava admitir que era muito divertido estar com Matt. Ele era o oposto do meu ex-namorado, Michael Bernstein, que nunca parecia fazer qualquer coisa sem um motivo lógico, nunca tirava um dia de folga e provavelmente nunca entrou numa bela estradinha sinuosa só porque ela estava ali.

Matt não podia ser mais diferente. Parecia se interessar por tudo no planeta: era jardineiro, observador de pássaros, leitor compulsivo, ótimo cozinheiro, campeão de palavras cruzadas, jogava basquete e, é claro, era muito habilidoso com as coisas da casa.

Lembro-me de ter olhado para o relógio a certa altura durante nosso passeio. Mas não fiz isso porque queria que ele terminasse. Foi justamente porque *não* queria que terminasse. Estava me sentindo feliz demais naquele dia. Simplesmente passeando com ele, sem destino certo.

Respirei fundo e inalei tudo ao meu redor: a relva, o azul refrescante do céu, a areia, o mar que rugia. Mais do que tudo, porém, eu sorvi Matthew Harrison. A camisa de flanela xadrez recém-lavada, a calça jeans, a luminosidade de sua pele morena e rosada, os cabelos castanhos meio compridos.

Inspirei Matt e o segurei dentro de mim, desejando nunca mais expirar. Algo muito bom estava acontecendo.

Você deve estar se perguntando sobre Matt Wolfe, o advogado, não? Bem, eu telefonei várias vezes para ele, mas todas as chamadas caíram na secretária eletrônica e ele nunca me ligou de volta. Mas a ilha é pequena, então *talvez ele tenha ficado sabendo.*

Nicky,

Matt Harrison e eu nos encontramos todos os dias das duas semanas seguintes. Quase não podia acreditar. Passava o tempo todo me beliscando. Ficava sorrindo sozinha.

"Você já andou a cavalo, Suzana?", Matt me perguntou num sábado de manhã. "É uma pergunta séria."

"Acho que sim. Quando era criança", respondi, arrastando as palavras como um autêntico peão.

"Resposta perfeita, porque você está prestes a virar criança de novo. Agora mesmo, hoje. Aliás, você já andou num cavalo azul-celeste com listras vermelhas e cascos dourados?"

Olhei para ele e balancei a cabeça, negando:

"Acho que eu me lembraria disso."

"Eu sei onde tem um cavalo assim", disse ele. "Na verdade, sei onde tem um monte desse tipo."

Fomos até Oak Bluffs e lá estavam eles. Meu Deus, que cenário. Dezenas de cavalos pintados de muitas cores formavam um círculo sob o mais deslumbrante teto de madeira que eu já tinha visto. Cavalos entalhados à mão com reluzentes narinas vermelhas e olhos pretos de vidro galopavam incansáveis em seus postes num círculo de alegria.

Matthew me levara ao carrossel Flying Horses, o mais antigo do país – que continuava funcionando, para crianças de todas as idades.

Subimos no brinquedo com a plataforma girando sob nossos pés e encontramos as montarias perfeitas.

Quando a música começou, segurei o poste prateado e fiquei subindo e descendo, subindo e descendo. Fui enfeitiçada pelo encanto daquele carrossel. Matt estendeu a mão para segurar a minha e tentou roubar um beijo – o que, para meu espanto, conseguiu. Que belo cavaleiro ele era!

"Onde você aprendeu a montar assim, caubói?", perguntei, enquanto subíamos e descíamos andando em círculos.

"Ah, eu montei durante anos", disse Matt. "Fiz aulas aqui aos 3 anos. Está vendo aquele garanhão azul ali na frente? Azul da cor do céu? Azul profundo?"

"Sim, senhor."

"Ele me derrubou algumas vezes. Nossa, levei uns dois tombos feios. Foi por isso que fiz questão de que você pegasse essa égua da primeira vez. Ela tem o temperamento tranquilo e uma cobertura aveludada."

"Ela é linda, Matt. Sabe, realmente andei a cavalo quando era criança. Estou me lembrando de tudo. Eu costumava andar a cavalo com o meu avô em Goshen, em Nova York. Engraçado eu me lembrar disso agora."

Boas lembranças são como talismãs, Nicky. Cada uma delas é especial. Você as coleciona, uma a uma, até que um dia olha para trás e descobre que elas formam um longo cordão colorido.

Ao final daquele dia, eu teria o primeiro de uma série de lindos talismãs relacionados a Matthew Harrison.

KATIE

KATIE NUNCA IRIA ESQUECER a primeira vez que viu Matt Harrison. Foi em sua pequena e confortável sala na editora. Ela queria conhecê-lo desde que lera *Canções de um pintor de casas,* que lhe pareceram histórias excelentes, mágicas, transpostas em poemas poderosos e tocantes. Ele escrevia sobre o cotidiano – sobre cuidar de um jardim, pintar uma casa, enterrar um cachorro amado, ter um filho –, mas a *escolha* de palavras mostrava o essencial da vida em sua forma mais perfeita. Ainda estava maravilhada por ter descoberto o trabalho dele.

E aí ele entrou em sua sala e ela ficou ainda mais maravilhada. Ou melhor, ficou *em transe.* As partes mais primitivas de seu cérebro e de seu sistema nervoso como um todo travaram na imagem diante dela – o poeta, *o homem.* Katie sentiu o coração palpitar e pensou *minha nossa. Cuidado, cuidado.*

Ele era mais alto do que Katie. Ela calculou pelo menos 1,85 metro. Tinha um belo nariz e um queixo de aparência forte. Todo o seu rosto era muito harmonioso, como seus poemas. Seu cabelo era castanho-claro leve, sedoso e ligeiramente comprido. A pele exibia o bronzeado forte de quem trabalha ao sol. Ele sorriu e ela torceu para que não tivesse sido de sua altura, do seu jeito desengonçado ou da cara de boba que estava fazendo, mas gostou dele mesmo assim. Como não gostaria?

Os dois jantaram juntos naquela noite e ele fez a gentileza de deixá-la escolher. Mais tarde, insistiu em que tomassem um vinho do Porto, por conta dele. Apesar de ser um dia no meio da semana, foram a um clube de jazz no Upper West Side. Ele a deixou em casa às três da manhã, desculpando-se muito e sinceramente e dando-lhe um beijo doce na bochecha para em seguida ir embora de táxi.

Katie ficou nos degraus da entrada do prédio até conseguir recuperar o fôlego, talvez pela primeira vez desde que ele entrara em sua sala. Tentou lembrar... *Matthew Harrison era casado?*

Ele voltou à sala dela na manhã seguinte para trabalhar, mas os dois escaparam ao meio-dia para o almoço e não voltaram mais. Foram a vários museus, onde ficou claro que ele entendia de arte. Não se exibiu, mas Katie pôde perceber que ele sabia tanto quanto ela. Não parava de pensar: *quem é esse cara? E por que estou me permitindo sentir o que estou sentindo?*

E depois... *por que não faço algo para me sentir assim o tempo todo?*

Ele foi à casa de Katie naquela noite e ela continuou espantada por tudo aquilo estar acontecendo. Katie era conhecida entre as amigas por *não* dormir com qualquer um, de ser romântica demais e muito antiquada em relação a sexo. Mas ali estava ela com aquele poeta e pintor de casas bonito e inegavelmente sexy de Martha's Vineyard e não podia *não* ficar com ele. Ele não a pressionou de forma alguma. Na verdade, pareceu quase tão surpreso quanto ela por estar ali.

– Não sei o que dizer – murmurou Katie e os dois riram nervosamente.

– É exatamente o que eu estou pensando – disse Matt.

Naquela noite chuvosa, os dois foram para a cama pela primeira vez. Ele a fez notar a música das gotas de chuva caindo na rua, no telhado, nas árvores. Era lindo, era como música. Mas logo haviam se esquecido do ruído da chuva e tudo o mais, exceto pelo toque do outro.

Foi tudo tão natural, tranquilo e bom na cama que Katie ficou um pouco assustada. Era como se ele a conhecesse havia muito tempo. Ele soube como abraçá-la, como e onde tocá-la, quanto esperar e, então, quando se deixar explodir dentro dela. Ela adorou a forma como ele a tocou, o jeito carinhoso como beijou seus lábios, seu rosto, o pescoço, as costas, os seios, tudo.

– Você é maravilhosa e não tem a menor ideia disso, não é? – ele sussurrou em seu ouvido e sorriu. – Você tem um corpo delicado e olhos fascinantes. E eu *adoro* a sua trança.

– Você e a minha mãe – disse Katie, soltando a trança e deixando os longos cabelos caírem sobre os ombros.

– Hum. Adoro esse visual também – disse Matt, piscando para ela.

Quando ele foi embora na manhã seguinte, Katie teve a sensação de que nunca havia ficado com ninguém daquele jeito, nunca havia experimentado tamanha intimidade com outra pessoa. *Meu Deus, por que não?*, ela se perguntou.

Ela já estava com saudade de Matt. Era loucura, algo completamente ridículo, nada a ver com *ela*. Mas, sim, ela *estava* com saudade dele. *Meu Deus, por que não?*

Quando chegou à editora naquela manhã, ele já a esperava. Katie sentiu o coração dar um pulo.

– É melhor a gente trabalhar um pouco – disse ela. – É sério, Matthew.

Ele não disse nada, só fechou a porta da sala e beijou Katie até ela ter a impressão de estar derretendo.

Ele enfim se afastou, olhou em seus olhos e disse:

– Fiquei com saudade de você assim que fui embora da sua casa.

O Diário

Nicolas,

Eu me lembro de tudo como se tivesse acontecido ontem. As cenas ainda estão nítidas e vivas em minha mente. Matt e eu estávamos seguindo pela estrada Edgartown-Vineyard Haven no meu Jeep. Gus estava conosco, sentado no banco de trás e parecendo um daqueles leões que guardam a Biblioteca Pública de Nova York.

"Você não pode acelerar um pouco?", Matt perguntou, batucando no painel. "Assim, eu chego mais rápido indo a pé."

Admito: sou uma motorista cuidadosa e que dirige devagar. Matt havia descoberto meu primeiro defeito.

"Fui vencedora do prêmio Segurança em Primeiro Lugar da minha autoescola. O certificado está pendurado embaixo do meu diploma de medicina."

Matt riu e revirou os olhos castanhos. Ele entendia todas as minhas piadas idiotas.

Estávamos indo para a casa da mãe dele. Matt achou que seria interessante que eu a conhecesse.

Interessante? O que isso significaria exatamente?

"Opa, aquela é minha mãe!", Matt disse de repente. "Minha nossa, lá está ela."

Ela estava no telhado da casa quando chegamos, consertando a antena da TV. Saímos do meu velho Jeep azul e Matt a chamou.

"Mãe, esta é a Suzana. E este é o Gus, o Cão Maravilha. Suzana... minha mãe, Jean. Foi ela quem me ensinou a consertar coisas da casa."

A mãe dele era alta e magra e tinha os cabelos grisalhos. Gritou para nós, de onde estava:

"Muito prazer em conhecê-la, Suzana. Você também, Gus. Vão sentar na varanda, por favor. Só preciso de um minutinho."

"Isso se a senhora não descer deslizando pelo telhado", disse Matt. "Ainda bem que temos uma médica em casa hoje."

"Eu não vou cair do telhado", Jean garantiu, rindo e voltando ao trabalho. "Só caio de escadas."

Matt e eu nos sentamos a uma mesa de ferro forjado na varanda. Gus preferiu ficar no jardim. A casa era um antigo chalé de dois andares com vista para o porto ao norte e para um extenso milharal ao sul. Depois deles, vinham bosques densos que davam a impressão de estarmos no Maine.

"Isto é uma maravilha. Foi aqui que você foi criado?", perguntei.

"Não, eu nasci em Edgartown. Compramos esta casa alguns anos depois que meu pai morreu."

"Sinto muito, Matt."

Ele deu de ombros.

"Acho que é outra coisa que temos em comum."

"Então por que você não me contou?", perguntei a ele.

Ele sorriu.

"Acho que não gosto muito de falar sobre coisas tristes. Agora você conhece o *meu defeito*. Qual é a vantagem de conversar sobre tristezas do passado?"

Jean apareceu de repente trazendo chá gelado e um prato cheio de cookies com gotas de chocolate.

"Bom, prometo que não vou fazer um interrogatório sobre sua vida, Suzana. Somos grandinhas demais para esse tipo de coisa", disse ela, piscando para mim. "Mas adoraria saber sobre seu trabalho. O pai do Matthew era médico, sabia?"

Olhei para ele. Matt não havia me contado isso também.

"Meu pai morreu quando eu tinha 8 anos. Não me lembro de muita coisa."

"Ele é discreto sobre alguns assuntos, Suzana. Matthew ficou muito triste quando o pai morreu. Não espere que ele fale sobre isso. Acho que ele pensa que as pessoas vão ficar sem graça por saberem que ele sofre."

Ela piscou para Matt e ele piscou de volta para ela. Deu para perceber que os dois eram muito próximos. Foi algo bom de ver. Muito fofo.

"Então me fale sobre você, Jean. A menos que seja uma pessoa discreta também."

"Ah, não sou mesmo!", disse ela, dando risada. "Minha vida é um livro aberto. O que você quer saber?"

Jean era uma artista, uma pintora. Ela me mostrou seu chalé e um pouco do seu trabalho. Era muito bom. Pelo que eu entendia de arte, tinha quase certeza de que suas pinturas poderiam estar à venda em grandes galerias. Jean havia emoldurado uma frase de Anna Mary Robertson Moses, uma artista descoberta aos 80 anos e que ficara conhecida como Vovó Moses. O quadro dizia: "Eu pinto de cima para baixo. Do céu para as montanhas, as colinas, depois o gado e então as pessoas."

Quando elogiei seu trabalho, Jean riu e disse:

"Uma vez vi uma charge mostrando um casal diante de um quadro abstrato. A pintura tinha uma etiqueta de preço indicando 1 milhão de dólares. O homem virou para a mulher e disse: 'Bom, sobre o preço o artista consegue ser bastante claro.'"

Ela enxergava com bom humor o próprio trabalho – qualquer coisa, na verdade. Pude ver muito dela em Matt.

A tarde virou noite e Matt e eu acabamos ficando para o jantar. Houve tempo até para ver um inestimável álbum antigo com algumas fotos de Matt quando bebê.

Ele era *uma gracinha*, Nick. Tinha os seus cabelos loiros e aquele olhar corajoso que você faz às vezes.

"Não tem nenhum bumbum de fora em cima de um tapete de ursinho?", perguntei a Jean enquanto olhava as fotos.

Ela riu.

"Olhe com atenção e tenho certeza de que vai encontrar. Ele tem um belo bumbum. Se você ainda não viu, peça para dar uma olhada."

Aí fui eu que ri. Jean era uma figura.

"Muito bem. O show acabou", disse Matt. "Está na hora de pegar a estrada."

"Acabamos de chegar à parte boa", disse Jean, fazendo beicinho. "Você é um estraga-prazeres."

Eram quase 11 da noite quando finalmente nos levantamos para sair. Jean me deu um abraço forte e sussurrou perto do meu ouvido:

"Ele nunca traz ninguém aqui. Então, independentemente do que pense dele, ele deve gostar muito de você. Por favor, não o magoe. Ele *é* sensível, Suzana. E é um cara muito legal."

"Ei!", Matt finalmente gritou do carro. "Podem parar, vocês duas."

"Tarde demais", disse a mãe dele. "Não tem mais volta. Eu tinha que contar tudo. Suzana agora sabe o bastante para largar você."

Provavelmente não tinha mais volta mesmo – para mim. Eu estava me apaixonando por Matthew Harrison. Mal conseguia acreditar, mas estava acontecendo, se é que já não havia acontecido.

O Hot Tin Roof é uma casa noturna que fica no aeroporto de Martha's Vineyard, em Edgartown. Matt e eu fomos lá para comer ostras e ouvir blues numa sexta-feira à noite. Àquela altura, eu iria a qualquer lugar com ele.

Muitas celebridades entravam e saíam de lá: Carly Simon, Tom Paxton, William Styron e a esposa, Rose. Matt achou que seria divertido ficarmos sentados no bar olhando as pessoas passarem. E foi mesmo.

"Quer dançar esta música?", Matt me perguntou depois que comemos nossas ostras e tomamos cerveja.

"Dançar? Não tem ninguém dançando, Matt. Acho que aqui não é um lugar para dançar."

"É minha música preferida e eu adoraria dançar com você. Quer dançar comigo, Suzana?"

Fiquei vermelha – algo que não costuma acontecer com frequência.

"Ah, vamos lá", Matt sussurrou ao meu ouvido. "Ninguém vai contar aos outros médicos do hospital."

"Está bem. Uma música só."

"Quando a dança é benfeita, uma música sempre leva a outra", disse ele.

Começamos a dançar bem devagar no nosso cantinho. As pessoas ficaram olhando. O que eu estava fazendo? O que havia acontecido comigo? O que quer que fosse, era muito bom.

"Está tudo bem?", Matt perguntou.

"Tudo ótimo, na verdade. Que música é esta? Você disse que era a sua preferida."

"Ah, não faço a menor ideia, Suzana. Só queria uma desculpa para puxar você para perto de mim."

Dizendo isso, Matt me abraçou um pouco mais forte. Eu adorava estar nos braços dele. Adorava, adorava, adorava. Pode ser piegas, mas é a mais pura verdade. O que posso dizer? Eu me sentia meio zonza seguindo com ele ao ritmo da música.

"Preciso perguntar uma coisa", ele sussurrou bem pertinho do meu ouvido.

"Está bem", sussurrei em resposta.

"Como você está se sentindo em relação a nós? Até agora?"

Dei um beijo nele.

"Assim."

Ele sorriu.

"É como eu me sinto também."

"Que bom."

"Eu morei com uma pessoa por três anos", contou Matt. "Nós nos conhecemos na Universidade Brown. Martha's Vineyard não deu certo para ela, mas deu para mim."

"Quatro anos. Um médico", confessei.

Matt se aproximou e me beijou delicadamente nos lábios mais uma vez.

"Vamos para casa comigo esta noite, Suzana?", ele convidou. "Quero dançar um pouco mais."

Respondi que adoraria ir para casa com ele.

Às vezes eu pisco de um jeito que Matt chama de "a famosa piscada de Suzana". Aquela noite foi a primeira vez que pisquei assim para ele. E ele adorou.

Matt morava em uma pequena casa vitoriana cheia de detalhes em madeira que enfeitavam as calhas e suavizavam os cantos. Os corrimãos, treliças e cornijas pareciam saídos de um bolo de casamento cuidadosamente confeitado e dispostos ali com toda a atenção.

Era a primeira vez que ele me convidava. De repente, fiquei nervosa. Senti a boca seca. Não tinha ficado com ninguém assim desde Michael, que ainda era uma lembrança ruim.

Entramos na casa e a primeira coisa que percebi foram os livros. A sala era só estantes. Havia milhares de livros lá. Meus olhos percorriam as prateleiras de cima a baixo: Scott Fitzgerald, John Cheever, Virginia Woolf, Anaïs Nin, Thomas Merton, Doris Lessing. Uma parede inteira era dedicada a coletâneas de poesia: W. H. Auden, Wallace Stevens, Hart Crane, Sylvia Plath, James Wright, Elizabeth Bishop, Robert Hayden e muitos, muitos outros. Havia ainda um globo terrestre antigo, um barquinho em estilo inglês com as velas manchadas e inclinadas para o lado, algumas peças náuticas de bronze e uma grande mesa de madeira coberta de blocos de anotação e papéis diversos.

"Adorei esta sala. Posso dar uma olhada?", perguntei.

"Eu também adoro. Claro que pode olhar."

Fiquei completamente surpresa com a página que estava sobre uma pilha de papéis. Dizia *Canções de um pintor de casas: Poemas de Matthew Harrison.*

Matt era poeta? Ele não tinha me contado. Acho que ele não gostava mesmo de falar sobre si, não? Que outros segredos teria?

"Está bem, está bem. Eu escrevo umas coisinhas. Só isso", ele admitiu, falando baixinho. "Tenho esse problema desde os 16 anos e venho tentando fazer alguma coisa a respeito disso desde que saí da Brown. Sou formado em literatura e em pintura de casas. É brincadeira. Você escreve, Suzana?"

"Na verdade, não", respondi. "Mas ando pensando em começar um diário."

Dizem que no sul da França há uma noite especial conhecida como "noite das estrelas cadentes". Quando ela chega, tudo fica simplesmente perfeito e mágico. Segundo os franceses, as estrelas parecem se derramar do céu, como leite de uma jarra.

Aquela noite foi assim para nós. Havia tantas estrelas que imaginei estar no céu.

"Vamos dar uma caminhada na praia, vamos?", disse Matt. "Tive uma ideia."

"Já percebi que você tem muitas ideias."

"Talvez seja o poeta que existe dentro de mim."

Ele pegou um cobertor, o aparelho de CD e uma garrafa de champanhe. Percorremos uma trilha sinuosa em meio à relva até finalmente encontrarmos uma faixa de areia para estender o cobertor.

Matt abriu o champanhe e o líquido cintilou no ar da meia-noite. Então apertou o *play* e a melodia de Debussy subiu ao céu estrelado.

Matt e eu dançamos de novo, em outro espaço e outro tempo. Giramos e giramos, acompanhando o ritmo do mar, levantando areia, deixando para trás apenas os rastros de nossos pés. Minhas mãos brincaram em suas costas e sua nuca. Passei os dedos por seus cabelos.

"Não sabia que você dançava valsa", eu disse.

Ele riu.

"Eu também não."

Era tarde quando voltamos da praia, mas eu não estava cansada. Pelo contrário. Estava mais desperta do que nunca. Por dentro, continuava dançando, cantando e voando. Não esperava que nada daquilo acontecesse. Não naquele momento, talvez nunca. Parecia fazer mil anos desde o dia em que havia infartado no Jardim Público de Boston.

Nicky, eu me senti uma pessoa de sorte... muito abençoada.

Matt pegou gentilmente a minha mão e me levou até o quarto dele no andar de cima. Eu queria ir, mas ainda estava com medo. Não fazia nada daquilo havia algum tempo.

Nenhum de nós disse nada, mas, de repente, fiquei boquiaberta. Ele havia transformado o andar de cima num espaço amplo e lindo, arrematado por claraboias que pareciam absorver o céu da noite. Adorei tudo. Matt ligou o CD player do quarto.

Sarah Vaughan. Perfeito.

Matt me disse que podia ver estrelas cadentes da cama. "Uma noite consegui contar 16. Foi meu recorde."

Ele se aproximou de mim, lenta e deliberadamente, atraindo-me como um ímã. Senti os botões detrás da minha blusa sendo abertos e um arrepio na nuca. Seus dedos desceram por minhas costas, acariciando-me de um modo muito suave. Ele tirou a minha blusa e eu a vi flutuar até o chão, como uma folha na brisa.

Eu estava muito perto dele, me sentia muito próxima dele, ofegante, zonza, leve, fantástica e muito especial.

Ele levou as mãos até meu quadril e então me inclinou para trás e me deitou na cama com delicadeza. Fiquei olhando para ele sob a luz da lua e o achei muito bonito. *Como aquilo havia acontecido? Por que de repente eu tinha tanta sorte?*

Ele me cobriu com seu corpo como uma colcha numa noite fria. E isso é tudo o que vou dizer, tudo o que vou escrever.

Querido Nicky,

Espero que você consiga tudo o que quiser quando crescer, mas acima de tudo, amor. Quando o amor é verdadeiro, quando é certo, pode nos dar o tipo de alegria que não se consegue de nenhuma outra forma. Eu me apaixonei. *Estou* apaixonada. Então posso falar por experiência própria. Também tive longos períodos sem amor na minha vida e a diferença é indescritível.

Nós é muito melhor do que *eu*.

Por favor, não dê atenção a qualquer pessoa que lhe diga o contrário. E nunca deixe de acreditar no amor, Nicky. Tudo, menos isso!

Olho para as suas mãozinhas e os seus pezinhos. Conto os seus dedinhos sem parar, mexendo-os gentilmente, como se fossem contas de um ábaco. Beijo a sua barriguinha até você dar risada. Você é tão inocente. Continue assim quando o amor chegar.

Olhe para você. Como é que eu posso ser tão abençoada? Você é perfeito. Seu nariz e sua boca são lindos. Os olhos e o sorriso são seus traços mais marcantes. E já dá para ver sua personalidade desabrochando. Ela está no seu olhar. No que você está pensando agora? No móbile que paira acima do berço? Na caixinha de música?

Papai diria que você deve estar pensando em meninas, ferramentas e carros. Ele garante que as coisas de que você mais gosta são carros bacanas, meninas bonitas e bolos de aniversário. "É um menino de verdade", diz ele. Mas sabe do que você mais gosta? De ursinhos de pelúcia. Você é todo carinhoso com eles.

Papai e eu nos divertimos pensando em todas as coisas boas que esperam por você. Mas o que mais desejamos é que você ame e que seja sempre cercado de amor. Isso é uma dádiva. Se eu puder, vou tentar ensinar você a recebê-lo. Porque não ter amor é não ser abençoado, que é o que mais importa na vida.

Nós é muito melhor do que *eu*.

Se você precisar de provas, basta olhar para *nós*.

"Oi, é o Matt. Tem alguém em casa? Suzana, você está aí?"

As batidas na porta da minha cozinha eram persistentes, como se um parente de fora da cidade chegasse para uma visita inesperada. Abri a porta e parei, boquiaberta de surpresa.

Era Matt, sim, mas não Matt Harrison.

Meu visitante era Matt Wolfe.

Atrás dele, na entrada da minha garagem, pude ver seu cintilante Jaguar conversível.

Por onde ele havia andado? Ainda não havia retornado minhas ligações.

"Oi", disse ele. "Nossa, como você está bem, Suzana. Na verdade, você está ótima."

Ele se inclinou para a frente e eu deixei que me desse um beijo no rosto. Não tinha por que me sentir culpada, mas me senti mesmo assim.

"Oi, Matt. Como você está? Acabei de preparar um chá. Entre."

Ele entrou e foi logo encontrando um lugar confortável e ensolarado na cozinha, fazendo pose de quem queria botar a conversa em dia. E nós com certeza tínhamos muita conversa para botar em dia.

"Passei a maior parte do mês fora da cidade, Suzana. Pensei em ligar várias vezes, mas estava no meio de um problema jurídico. Infelizmente, era na Tailândia."

De repente ele sorriu.

"Você sabe... conversa daqui, resolve dali, blá-blá-blá. E você, como tem passado? Andou tomando sol. Está com uma aparência fantástica."

"Bem, obrigada... você também."

Eu precisava dizer a ele. Decidi inclusive contar a Matt Wolfe a versão completa do que estava acontecendo na minha vida.

Ele ouviu, sorrindo em algumas partes, remexendo-se de um jeito nervoso em outras. Deu para perceber que estava aceitando tudo meio a contragosto, mas ele continuou ouvindo atentamente. Quando terminei, ele se levantou do banquinho da cozinha e me deu um abraço.

"Estou feliz por você, Suzana", disse, sorrindo. "No fundo, eu sabia que não devia ter viajado. Agora deixei escapar mais uma vez a melhor coisa que poderia me acontecer."

Quando vi, estava dando risada. Matt Wolfe tinha seu lado cafajeste.

"Ah, Matt, seu elogio é um amor. Obrigada por ser um bom amigo. Obrigada por ser *você*."

"Bem, posso perder o grande prêmio, mas vou tirar meu time de campo com alguma dignidade. Mas fique sabendo, Suzie, que se esse cara hesitar ou se eu perceber alguma brecha, eu volto."

Demos uma risada e eu o acompanhei até o Jaguar. De certa forma, sabia que Matt ficaria bem. Duvidava de que ele tivesse ficado sozinho na Tailândia. Além disso, vamos combinar que ele havia passado quase um mês sem telefonar para mim.

Fiquei olhando Matt entrar em seu carro que era seu orgulho e alegria.

"Sabe que acho que vocês dois vão se dar bem?", gritei da varanda. "Na verdade, acho que os dois Matts vão gostar muito um do outro."

"Ah, que ótimo! Agora eu preciso gostar do cara também?", gritou ele em resposta.

A última coisa que o ouvi dizer antes de ligar o poderoso motor do conversível foi:

"Espero que ele saiba duelar."

"Muito bem. O que está havendo? Pode falar, Suzana. Eu quero saber. Dá para notar que tem alguma coisa acontecendo", disse minha vizinha e amiga Melanie Bone. "Dá para *sentir*."

Melanie tinha razão. Eu não havia contado a ela sobre o progresso de meu relacionamento com Matt, mas ela havia decifrado isso pela expressão em meu rosto e talvez até mesmo por meus passos saltitantes.

Estávamos caminhando na praia perto de nossas casas. As crianças e Gus brincavam à nossa frente.

"Você é esperta", eu disse. "E metida."

"Isso eu já sei. Agora me diga o que eu não sei. *Desembuche*."

Não consegui mais resistir. Mais cedo ou mais tarde, eu teria de contar.

"Estou apaixonada, Mel. Isso nunca me aconteceu. Estou completamente apaixonada por Matt Harrison. E não faço ideia do que vai acontecer."

Ela deu um grito. Então saltou algumas vezes na areia. Era uma graça e uma ótima amiga. E gritou de novo.

"Isso é perfeito, Suzana. Eu sabia que ele era um bom pintor, mas não fazia ideia dos outros talentos dele."

"Sabia que ele faz poemas? É um poeta muito bom."

"Não! Você está brincando."

"E que é um ótimo dançarino?"

"Isso não me surpreende. Ele se movimenta com muita habilidade em cima dos telhados. Mas como isso aconteceu? Quer dizer, como a coisa passou de reforma na casa a *isso*?"

Comecei a rir. Estava me sentindo como uma adolescente. Coisas assim não acontecem a mulheres adultas.

"Nós conversamos na lanchonete uma noite."

Melanie ergueu uma sobrancelha.

"Tá. Vocês conversaram na lanchonete. E daí?"

"Eu converso com Matt sobre qualquer coisa, Melanie. Isso nunca aconteceu com nenhum outro homem. Até os poemas que Matt faz são do jeito que ele fala. São realistas e, ao mesmo tempo, conseguem me deixar com a cabeça nas nuvens. Ele é apaixonado, excitante. E é humilde também. Talvez mais do que devesse ser, às vezes.

Melanie de repente me deu um abraço.

"Meu Deus, Suzana, é pra valer! Mais do que *isso*, é impossível. Parabéns, você está *perdidamente* apaixonada."

Gargalhamos como duas meninas de 15 anos e depois voltamos com Gus e as filhas de Melanie. Naquela manhã, na casa dela, conversamos sem parar sobre tudo: dos primeiros encontros à primeira gravidez. Melanie me confessou que estava pensando em ter um quinto filho, o que me impressionou. Para ela, ter um filho era simples como organizar um armário. Ela controlava a vida como se fosse uma prateleira de despensa. Cada coisa em seu lugar e bem guardada.

Naquela manhã, também fantasiei sobre ter filhos, Nicolas. Sabia que teria uma gravidez de risco por causa do meu problema cardíaco, mas não me importei com isso. Talvez alguma coisa dentro de mim tivesse certeza de que você estaria aqui um dia. Um sinal de esperança. Um desejo profundo. Ou apenas a simples inevitabilidade daquilo a que o amor entre duas pessoas leva.

Você... o amor levou a você.

Coisas ruins acontecem, Nicolas. Às vezes, sem o menor sentido. Às vezes, de forma injusta. Às vezes, isso é simplesmente uma droga.

A caminhonete vermelha entrou na esquina a quase 100 quilômetros por hora, mas a coisa toda pareceu acontecer em câmera lenta.

Gus estava atravessando a rua, indo para a praia, onde gosta de correr e latir para as gaivotas. Foi um azar.

Eu vi tudo. Tentei gritar para que ele parasse, mas foi tarde demais.

A caminhonete fez a curva em disparada. Quase pude sentir o cheiro da borracha dos pneus quando eles derraparam no asfalto quente. Então vi o lado esquerdo do para-choque atingir Gus.

Mais um segundo e ele teria escapado. Se a caminhonete estivesse andando menos 10 quilômetros por hora, não o teria atropelado. Ou quem sabe se o Gus fosse mais ágil, uns dois anos mais jovem, isso não tivesse acontecido.

Foi uma coincidência irrevogável e apavorante.

Gus ficou estirado na beira da estrada. Foi muito triste. Segundos antes, ele estava correndo em direção à água, tão despreocupado e indefeso.

"Não!", gritei.

A caminhonete parou e dois homens de 20 e poucos anos com a barba por fazer desceram dela. Os dois usavam bandanas coloridas. Ficaram olhando para o que haviam feito.

"Desculpe, eu não vi", gaguejou o motorista, agarrando a própria calça jeans enquanto olhava para o pobre Gus.

Eu não tinha tempo para discutir, para gritar com ele, para pensar. Precisava conseguir socorro para o Gus.

Joguei minhas chaves para o motorista. "Abra a porta de trás do meu Jeep", gritei enquanto pegava Gus no colo cuidadosamente. Ele estava mole e pesado, mas ainda respirava, ainda era o *Gus*.

Então o deitei na parte de trás do carro. Estava frágil, ensanguentado, e seus olhos doces e familiares estavam distantes.

Ele olhou para mim e ganiu de dor. Meu coração ficou em pedaços.

"Não morra, Gus", sussurrei. "Aguente firme, garoto", pedi, já saindo com o carro. "Por favor, não me deixe."

Liguei para Matt do celular e ele foi se encontrar comigo no veterinário. A Dra. Pugatch atendeu Gus na mesma hora, talvez por ter visto o desespero em meu rosto.

"A caminhonete veio rápido demais, Matt", eu disse a ele, lembrando cada detalhe da cena.

Matt ficou ainda mais furioso do que eu.

"É aquela porcaria de curva. Fico preocupado toda vez que você sai. Preciso fazer uma entrada de carro do outro lado da casa para você poder ver a rua."

"Isso é horrível. Gus estava comigo quando..."

Parei de falar. Ainda não havia contado a Matt sobre o infarto. Gus sabia, mas Matt, não. Eu precisava contar logo.

"Calma, está tudo bem, Suzana. Vai ficar tudo bem."

Matt me abraçou e, embora não estivesse tudo bem, era o melhor que poderia ficar naquele momento. Afundei no peito dele e fiquei ali. Então senti que Matt estava tremendo um pouco. Ele e Gus também eram amigos. Matt havia assumido extraoficialmente a maior parte das brincadeiras de bola com Gus.

A veterinária voltou duas horas depois. Parou diante de nós e pareceu levar uma eternidade para começar a falar. Agora eu sabia como meus pacientes se sentiam quando eu hesitava ou não conseguia encontrar as palavras. Os rostos deles aparentavam calma, mas sua expressão corporal revelava o oposto. Eles só queriam ter o alívio de receber boas notícias, *apenas boas notícias*.

"Suzana, Matt...", a Dra. Pugatch disse afinal. "Sinto muito. Sinto muito, muito mesmo. Gus não sobreviveu."

Caí no choro e meu corpo começou a tremer incontrolavelmente. Gus sempre estivera ao meu lado. Era meu melhor amigo, meu companheiro, meu parceiro de corrida, meu confidente. Nós estávamos juntos havia 14 anos.

Coisas ruins acontecem às vezes, Nicolas.

Lembre-se sempre disso, mas lembre também que é preciso seguir em frente de alguma maneira.

A gente levanta a cabeça, olha para alguma coisa bonita, como o céu ou o mar, e segue em frente, caramba.

Nicolas,

No dia seguinte, recebi uma carta inesperada.

Não sei o motivo, mas, em vez de abri-la e ler logo o que trazia, só fiquei parada me perguntando por que Matt Harrison havia enviado uma carta quando poderia facilmente me telefonar ou ir à minha casa.

Fiquei imóvel diante da velha caixa de correspondência amarelada da entrada de carros. Então abri a carta com cuidado e a segurei com força para que não fosse levada pelo vento.

Em vez de tentar parafrasear o que a carta dizia, Nicky, vou incluí-la no diário.

Querida Suzana,

Você é uma explosão de cravos
num quarto escuro.
Ou o aroma inesperado do pinheiro
a milhas de distância do Maine.

Você é a lua cheia
que dá sentido à meia-noite.
E a explicação da água
Para os seres vivos.

Você é uma bússola,
uma safira,
um marcador de livros.
Uma moeda rara,
uma pedra lapidada,
uma bola de gude azul.

Você é um saber antigo,
uma pequena concha,

uma moeda de prata.
Você é um quartzo precioso,
uma caneta-tinteiro
e a corrente de um relógio preferido.

Você é um cartão de dia dos namorados
gasto, amado e relido centenas de vezes.
Você é a face de um herói celebrado por muitos
estampada numa medalha antiga.
Você é mel
e canela
e especiarias das Índias
perdidas pelo barco
que um dia foi de Marco Polo.

Você é uma rosa guardada,
um anel de pérola,
e uma garrafa vermelha de perfume
encontrada perto do Nilo.

Você é uma alma velha de um lugar antigo,
de mil anos, séculos e
milênios atrás.

E você percorreu todo esse caminho
só para que eu pudesse amar você.
Eu amo.

Matt

O que posso dizer, Nicolas, que o seu bom e querido pai não tenha dito melhor? Ele é um escritor impressionante e nem sei se ele sabe disso.

Eu o amo muito.

Quem não amaria?

Nicky,

Liguei para Matt bem cedo no dia seguinte, assim que tive coragem, perto das sete da manhã. Eu estava acordada desde pouco depois das quatro, pensando que precisava ligar para ele. Cheguei a ensaiar o que devia dizer e como. Não sei ser desonesta nem manipular as pessoas e isso às vezes me deixa em desvantagem.

Seria difícil. Seria impossível.

"Oi, Matt, é a Suzana. Espero não estar ligando cedo demais. Você pode vir aqui em casa hoje à noite?" Foi tudo o que consegui dizer.

"Claro que posso. Na verdade, eu ia ligar e convidar você para sair."

Matt chegou pouco depois das sete da noite. Estava usando uma camisa xadrez amarela e calça azul-marinho, algo bastante formal para ele.

"Quer dar uma caminhada na praia e ver o pôr do sol comigo, Suzana?"

Era exatamente o que eu queria fazer. Ele leu a minha mente.

Assim que atravessamos a rua que dava na praia e pusemos os pés na areia ainda quente, eu disse:

"Podemos conversar? Preciso contar uma coisa."

"É claro. Sempre gosto de ouvir o som da sua voz", disse ele sorrindo.

Pobre Matt. Eu duvidava de que ele fosse gostar do que estava por vir.

"Tem uma coisa que venho querendo contar já faz um tempo e fico sempre adiando. Nem sei direito como abordar o assunto."

Ele segurou minha mão e a balançou gentilmente no ritmo dos nossos passos.

"Considere o assunto abordado. Pode falar, Suzana."

"Por que você está tão arrumado hoje?", eu me lembrei de perguntar.

"Porque tenho um encontro com a mulher mais especial de toda a ilha. É esse o assunto que você estava com dificuldade de abordar?"

Apertei a mão dele.

"Não exatamente. Não, não é. Muito bem, lá vai."

"Agora você está me deixando assustado", Matt disse afinal.

"Desculpe", sussurrei. "*Desculpe.* Matt, pouco antes de eu me mudar para Vineyard..."

"Você teve um ataque do coração", ele disse com a voz mais suave do mundo. "Quase morreu no Jardim Público, mas não morreu, graças a Deus. E agora estamos aqui e acho que somos duas das pessoas mais sortudas do mundo. Tenho certeza de que *eu* sou. Estou aqui segurando a sua mão e olhando para seus olhos azuis tão lindos."

Parei de caminhar e fiquei encarando Matt, sem acreditar no que estava acontecendo. O sol estava se pondo atrás dos ombros dele. Seria Matthew um anjo?

"Há quanto tempo você sabe disso? *Como* soube?", gaguejei.

"A ilha é pequena, Suzana. Soube antes de começar a trabalhar para você. Fiquei esperando encontrar uma velhinha de andador."

"Eu usei mesmo andador por uns dois dias em Boston, depois da cirurgia. Então você sabia, mas nunca me contou."

"Não achei que deveria. Sabia que você iria me contar quando estivesse pronta. Imagino que agora esteja, Suzana. E isso é muito bom. Nas últimas semanas, tenho pensado muito no que aconteceu com você e cheguei a uma conclusão. Quer saber qual?"

Segurei o braço de Matt.

"Claro que quero."

"Bom, eu não consigo parar de pensar coisas assim quando estamos juntos. Fico pensando em como tive sorte por você ter sobrevivido e nós podermos estar juntos neste dia, vendo o sol se pôr. Ou então me pego imaginando como fui abençoado por você não ter morrido e agora estarmos sentados na varanda jogando cartas ou vendo uma partida qualquer de beisebol na televisão. Ou ouvindo Mozart ou até mesmo aquela música romântica cafona do Savage Garden de que você gosta. Não paro de pensar que cada dia e cada momento são incrivelmente especiais porque *você* está aqui, Suzana."

Comecei a chorar e foi aí que Matt me tomou em seus braços. Ficamos abraçados na praia durante um bom tempo e eu não queria que ele me soltasse nunca mais. Nunca mesmo. Nós combinamos tão bem. Não parava de pensar: *Este momento não é especial demais? Não fui eu quem foi abençoada?*

"Suzana?", ele sussurrou.

"Estou aqui, nos seus braços. Não vou a lugar nenhum."

"Que bom. Quero que você esteja sempre aí. Adoro ter você nos meus braços. Agora tem uma coisa que eu preciso dizer. Suzana, eu te amo muito. Adoro tudo que tem a ver com você. Sinto saudade quando ficamos longe por algumas horas. Quando estou trabalhando, mal posso esperar para que a noite chegue e eu possa ver você. Venho procurando por você há muito tempo, só não sabia disso. Mas agora eu sei. Suzana, você quer se casar comigo?"

Eu me afastei um pouco e olhei nos olhos lindos daquele homem maravilhoso que eu tinha encontrado ou que talvez tivesse me encontrado. Não conseguia parar de sorrir e o calor que se espalhou dentro de mim foi uma sensação incrível.

"Eu te amo, Matt. Também tenho estado à sua procura há muito tempo. Sim, eu quero me casar com você."

Katie

KATIE FECHOU O DIÁRIO com força.

Doeu muito ler aquelas páginas. A dose tinha ido muito além do que ela conseguia suportar. Matt a havia alertado no bilhete de que isso poderia acontecer, e aconteceu. *Algumas partes provavelmente serão difíceis de suportar.* Difíceis de suportar? Como ele havia sido sutil.

O diário não parava de fazer com que ela se surpreendesse. Agora a estava deixando com ciúme, algo que ela não imaginava ser capaz de sentir. Ela *estava* com ciúme de Suzana. Sentiu-se idiota e mesquinha. Nem parecia ela mesma. Talvez fossem os hormônios. Ou talvez fosse apenas uma reação normal a tudo o que vinha lhe acontecendo.

Cerrou os olhos com força. Sentia-se terrivelmente sozinha. Passou os braços em volta do corpo. Precisava conversar com alguém. Guinevere e Merlin não estavam dando conta do recado. Por mais irônico que parecesse, a pessoa com quem ela queria falar era a que estava em Martha's Vineyard. Mas ela não iria ligar para Matt, ainda que desejasse muito isso. Telefonaria para as amigas, Laurie, Gilda ou Susan, mas não para ele.

Desviou o olhar para as prateleiras repletas de livros. Seu apartamento parecia uma pequena livraria independente. *Orlando*, de Virginia Woolf, *A época da inocência*, de Edith Wharton, *Bella Toscana*, de Frances Mayes, *Harry Potter e o cálice de fogo*, de J. K. Rowling, *O deus das pequenas coisas*, de Arundhati Roy. Katie era leitora voraz desde os 7 ou 8 anos. Lia de tudo, qualquer coisa que parasse em suas mãos.

Sentia-se meio enjoada de novo. Também estava com frio. Enrolou-se num cobertor e ficou assistindo a *Ally McBeal* na TV. O episódio mostrava o aniversário de 30 anos da personagem principal. Katie chorou. Nem de longe ela seria louca como Ally e seus amigos, mas ainda assim o seriado mexia com ela.

Ficou deitada no sofá da sala sem conseguir parar de pensar no bebê que crescia dentro dela.

– Está tudo bem, bebezinho – sussurrou. *Pelo menos eu espero que sim.*

Katie se lembrou da noite em que havia engravidado. Enquanto estava na cama, fantasiara ter um bebê, mas logo pusera o pensamento de lado: *nunca fiquei grávida*. Jamais sequer chegara a suspeitar de uma gravidez, porque seu ciclo era muito regular. Só atrasara uma vez, quando ela jogava basquete pela Universidade da Carolina do Norte, porque seu percentual de gordura no corpo ficara baixo demais.

Naquela última noite com Matt, Katie pensou que nunca tinha sido daquele jeito antes. Alguma coisa havia mudado entre eles.

Ela sentiu isso pela forma como ele a segurou, como olhou para ela com seus olhos castanhos luminosos. Ela percebeu barreiras se rompendo e imaginou que havia chegado a hora, que ele estaria pronto para lhe contar coisas sobre as quais não conseguia falar.

Será que isso o assustou? Será que ele sentiu o mesmo que eu naquele momento? Foi isso que aconteceu?

Nunca havia se sentido tão próxima de Matt como naquela noite. Sempre adorava estar com ele, mas aquilo havia sido especial. Matt e ela precisavam um do outro.

Tudo havia começado de forma muito natural: ele entrelaçara seus dedos nos de Katie. Então passara o braço livre para baixo dela e encarara seus olhos. Suas pernas se tocaram. Seus corpos se atraíram. Ela e Matt não desgrudaram o olhar um instante sequer. Foi como se os dois se tornassem um, como nunca havia acontecido até então.

Os olhos dele diziam *eu te amo, Katie*. Ela não poderia ter se enganado quanto a isso.

Era desse jeito que ela sempre quisera que fosse, *simplesmente assim*. Ela havia pensado nisso – sonhado com isso – milhares de vezes antes de acontecer. Os braços fortes de Matt segurando suas costas, as longas pernas de Katie cruzadas atrás dele. Jamais conseguiria se esquecer daquela imagem, daquela sensação.

Ele pairou sobre ela de forma leve, apoiando-se nos cotovelos, nos joelhos. Era atlético, gracioso, generoso, dominante. Sussurrou seu nome sem parar: *Katie, querida Katie, minha Katie, Katie, Katie.*

Foi naquela hora, ela sabia. Ele estava em total sintonia com Katie e ela nunca havia sentido um amor assim antes. Estava amando aquilo, estava amando Matt. Ela o puxou para dentro de si e eles fizeram um bebê.

NA MANHÃ SEGUINTE, Katie sabia exatamente o que precisava fazer. *Sete horas*. Era cedo, mas não para isso.

Ligou para casa - em Asheboro, uma cidade aninhada entre as montanhas Blue Ridge e Great Smoky —, onde a vida sempre fora mais simples. Mais afável também. Muito, muito mais afável.

Então por que havia saído de lá?, ela se perguntou enquanto o telefone tocava. Para ir atrás de seu amor pelos livros? Eles eram sua paixão, algo que realmente amava. Ou será que ela apenas sentira necessidade de ver um mundo maior do que aquele que conhecia no coração da Carolina do Norte?

- Oi, Katie - disse a mãe, atendendo ao telefone no terceiro toque. - Acordou com as galinhas hoje. Como você está, querida?

Agora a casa em Asheboro tinha identificador de chamadas. Tudo mudava, não? Para melhor ou pior.

- Oi, mãe. Como estão as coisas?

- Está melhor hoje? - perguntou a mãe.

A mãe havia acompanhado o relacionamento: primeiro Katie lhe contara sobre ter conhecido Matt em Nova York. Depois ligara diversas vezes para falar sobre ele, o que a deixara feliz - mais ainda quando Katie disse que provavelmente iriam ser casar.

Agora ele havia terminado com Katie, que estava sofrendo. Ela não merecia isso. A mãe havia tentado convencê-la a ir para casa, mas Katie não queria. Ela era durona demais. Uma mulher da cidade grande. Ela a conhecia muito bem.

- Um pouco. É, estou... Na verdade, não. Ainda estou um *caco*. Estou num estado *lamentável*. Estou *desesperada*. Jurei que nunca permitiria que um homem fizesse isso comigo e aqui estou eu.

Katie começou a contar à mãe sobre o diário e sobre o que ela havia lido até então. A lição das cinco bolas. A rotina de Suzana em Martha's Vineyard. Como havia se reencontrado com Matt Wolfe.

- Sabe o que é estranho, mãe? Eu gosto da Suzana. Droga. Sou uma idiota. Eu deveria odiá-la, mas não consigo.

- É claro que não consegue. Bom, pelo menos esse abestalhado do Matt tem bom gosto para mulheres - disse a mãe, rindo como costumava fazer.

Ela era muito divertida quando queria. Katie adorava o fato de ter herdado o senso de humor da mãe. Só não estava com vontade de brincar agora.

Conte a ela, pensou Katie. *Conte tudo.*

Mas não conseguiu. Havia contado a suas duas melhores amigas em Nova York - Laurie Raleigh e Susan Kingsolver -, mas não conseguia dizer à mãe que estava grávida. As palavras simplesmente não saíam de sua boca.

Por que não?, Katie se perguntou, embora soubesse a resposta. Não queria magoar a mãe e o pai. Eles eram importantes demais para ela.

Sua mãe ficou em silêncio por um instante. Além de trabalhar como professora do primeiro ano em Asheboro, Holly Wilkinson era a grande conselheira de Katie havia 30 anos. Ela *sempre* estava disponível e sempre lhe dava apoio – mesmo quando Katie foi para a temida Nova York e seu pai ficou um mês sem falar com ela.

Conte, Katie. Ela vai entender. Ela pode ajudar você.

Mas Katie não conseguiu falar. Engasgou com as palavras e sentiu o estômago revirando.

Katie conversou com a mãe por quase uma hora, depois falou com o pai. Era quase tão chegada a ele quanto à mãe. Seu pai era pregador e muito bem-visto na região porque falava do amor a Deus, em vez do temor a Ele. A única vez em que ficara bravo de verdade com Katie foi quando ela arrumou suas coisas e se mudou para Nova York. Mas ele superou isso e o fato nunca mais foi motivo de brigas.

A mãe e o pai dela eram assim. Pessoas boas. E ela também era, pensou, sabendo que era verdade.

Então por que Matt a havia deixado? Como ele pôde simplesmente sair da vida dela? E o que aquele diário poderia lhe contar que de alguma forma a fizesse compreender?

Qual era o grande segredo que aquele diário trazia? Que Matt tinha uma mulher inteligente e maravilhosa e um filho lindo e amado e que Katie fora apenas um erro, um caso com uma mulher de Nova York? Que fora a primeira vez que ele havia dado um mau passo em seu casamento de comercial de margarina? *Que raiva! Que raiva!*

Quando terminou a conversa com o pai, Katie ficou sentada em seu escritório na companhia de Guinevere e Merlin. Eles se enroscaram no sofá junto com a dona e os três ficaram olhando para o rio Hudson pela janela. Ela adorava o rio, a forma como ele mudava todos os dias, ou mesmo várias vezes num só dia. O rio era uma lição, assim como a lição das cinco bolas.

– O que eu devo fazer? – sussurrou ela para Guinevere e Merlin. Seus olhos se encheram de lágrimas, que escorreram pelo rosto.

Pegou o telefone de novo. Ficou sentada batucando nervosamente no aparelho com as unhas. Precisou reunir toda a coragem que tinha, mas por fim conseguiu digitar o número.

Quase desligou, mas esperou toque após toque. Então entrou a gravação da secretária eletrônica. Katie engasgou quando ouviu a voz:

"Aqui é Matt. Sua mensagem é importante para mim. Por favor, deixe o recado depois do bipe. Obrigado."

Katie deixou um recado. Esperava que fosse importante para ele.

– Estou lendo o diário – disse.

E foi tudo.

O Diário

Venha ao nosso casamento, Nicky. Este é o seu convite. Quero que você saiba exatamente como foi o dia em que sua mãe e seu pai juraram amor eterno.

Nevava fraco na ilha. Os sinos tocavam no ar limpo e frio de dezembro quando nossos convidados chegaram, congelando, à Gay Head, a primeira igreja batista fundada por indígenas nos Estados Unidos. É também uma das mais encantadoras do país.

Só existe uma palavra para descrever o dia do nosso casamento: *felicidade*. Matt e eu estávamos radiantes. Eu estava praticamente voando entre os anjos entalhados nos quatro cantos do teto da capela.

E me senti mesmo como um anjo, usando um vestido branco antigo bordado com pérolas. Depois de 15 anos longe de Martha's Vineyard, meu avô veio só para me levar até o altar em nossa cerimônia ecumênica. Todos os meus amigos médicos de Boston enfrentaram o inverno e fizeram a viagem até lá. Alguns dos meus pacientes septuagenários também foram. A igreja ficou lotada. Tinha gente em pé. Como você deve ter imaginado, quase todo mundo da ilha é amigo do Matt.

Ele estava irresistível num smoking preto elegante, com os cabelos cortados especialmente para a ocasião (mas não curtos demais), os olhos brilhando e seu lindo sorriso mais iluminado do que nunca.

Você consegue visualizar a cena, Nicky? Tudo isso e a neve soprando suavemente do mar? Foi uma glória.

"Está tão feliz como eu?", Matt se inclinou na minha direção e sussurrou quando ficamos diante do altar. "Você está linda."

Senti meu rosto corar, o que não era comum. Eu era a Dra. Controle, a Dra. Autoconfiança, a Dra. Segura as Pontas. Mas, quando olhei nos olhos de Matt, todas as minhas defesas caíram e tive certeza de que aquilo era perfeito.

"Nunca estive mais feliz ou mais certa a respeito de qualquer coisa em minha vida", eu disse.

Nós fizemos nossos votos no dia 31 de dezembro, pouco antes da virada do ano. Havia alguma coisa quase mágica em nos tornarmos marido e mulher na véspera do ano-novo. Para mim, foi como se o mundo inteiro estivesse comemorando conosco.

Segundos depois de Matt e eu fazermos nossos votos, todos na igreja se levantaram e gritaram: "Feliz ano-novo, Matt e Suzana!"

Então plumas brancas caíram de dezenas de faixas de cetim que haviam sido colocadas no teto da igreja. Matt e eu fomos banhados por uma chuva de anjos e nuvens. Então nos beijamos e nos abraçamos apertado.

"Que tal o seu primeiro instante de casada, Sra. Harrison?", ele me perguntou. Acho que gostou de dizer "Sra. Harrison" – eu gostei de ouvir.

"Se soubesse que ia ser tão maravilhoso, teria me casado com você 20 anos atrás", respondi.

Matt sorriu e continuou com a brincadeira.

"Como poderíamos ter nos casado há 20 anos? Nós não nos conhecíamos."

"Ah, Matt, nós nos conhecemos a vida inteira. Só pode."

Naquele momento, lembrei-me do que Matt disse na noite em que me pediu em casamento na praia em frente à minha casa. "Fico pensando em como tive sorte por você ter sobrevivido e nós podermos estar juntos neste dia." Eu me senti a mulher mais sortuda do mundo por estar ali, com Matt, na noite do nosso casamento.

Foi assim que me senti, foi exatamente essa a sensação, e agora eu estou muito feliz por você também ter estado lá.

Nicolas,

Matt e eu tivemos três semanas de lua de mel, que passaram voando.

Ficamos a primeira semana em Lanai, no Havaí. É um lugar maravilhoso, incrível, com apenas dois hotéis em toda a ilha (deve ser por isso que Bill Gates o escolheu para passar sua lua de mel também). Logo descobri que amava Matt ainda mais do que quando ele me pediu em casamento. Fizemos planos para não ir embora de Lanai. Ele pintaria casas e terminaria sua primeira coletânea de poemas. Eu seria a médica da ilha.

Na segunda semana, fomos para Hana, em Maui, e foi quase tão especial como Lanai. Tínhamos um mantra: "Não é uma sorte?" Acho que dissemos isso centenas de vezes.

Passamos a terceira semana em Martha's Vineyard, mas praticamente sem ver ninguém, nem mesmo Jean ou Melanie Bone e suas meninas. Estávamos nos deleitando com a novidade e a maravilha de estarmos juntos pelo resto das nossas vidas.

Imagino que nem todas as luas de mel deem tão certo, mas a nossa deu. Nick, vou contar uma coisa que seu pai fez, algo tão atencioso e especial que vai ficar para sempre no meu coração.

Matt me acordou com um presente em todos os dias de nossa lua de mel. Alguns eram pequenos; outros, divertidos; e outros, ainda, extravagantes. Mas cada um veio do coração de Matt.

Não é uma sorte?

Nunca vou me esquecer disso. Comecei a me sentir muito mal, fraca e nauseada. Matt já tinha saído para trabalhar e eu estava sozinha em casa. Sentei na beira da banheira com a sensação de que minha vida estava se esvaindo.

Comecei a suar frio e minha nuca ficou encharcada. Pela primeira vez em mais de um ano, quis ligar para um médico. Parecia estranho querer outra opinião. Era eu mesma quem sempre me diagnosticava.

Mas naquele dia me senti mal o bastante para querer perguntar a outra pessoa "Ei, o que você acha?". Mas, em vez disso, joguei água fria no rosto e disse a mim mesma que aquilo provavelmente seria um princípio de gripe. Eu não vinha me sentindo muito bem nos últimos dias.

Tomei um remédio para o estômago, troquei de roupa e fui para o trabalho. Ao meio-dia estava me sentindo muito melhor e, na hora do jantar, já havia esquecido o incidente.

Na manhã seguinte, me peguei sentada na beira da banheira mais uma vez, fraca e nauseada.

Foi quando eu soube.

Telefonei para o celular de Matt e ele ficou surpreso por eu ligar tão cedo, logo depois de ele ter saído de casa.

"Você está bem? Está tudo bem, Suzana?"

"Acho... que tudo acaba de ficar perfeito", eu disse. "Será que você poderia voltar para casa agora? E, no caminho, passar numa farmácia e comprar um teste de gravidez? Quero ter certeza absoluta, mas, Matt, acho que estamos grávidos."

Nicolas,

Você estava crescendo dentro de mim.

O que posso dizer, Nicky... a felicidade inundou nossos corações e todos os cômodos de nosso chalé na praia. Ela veio como uma maré alta numa noite de lua cheia.

Depois do casamento, Matt se mudou para minha casa. Foi ideia dele. Ele disse que seria melhor alugarmos a casa dele, já que eu estava tão bem estabelecida com meus pacientes e a pouca distância do hospital. Foi atencioso e gentil da parte dele, como sempre. Mesmo sendo um homem tão grande e forte, ele é incrivelmente gentil. Seu papai é o cara.

Eu teria sentido saudade do mar, de nosso jardim e das venezianas que batem a noite toda quando está ventando. Mas não foi preciso.

Decidimos que seu quarto seria no antigo solário. Achamos que você iria adorar a forma como a luz da manhã entra pelos peitoris e preenche cada cantinho e cada fresta. Então papai e eu começamos a transformar parte do solário num quarto de bebê, escolhendo coisas de que achamos que você fosse gostar.

Pusemos papel de parede com histórias da Mamãe Gansa. Depois seus ursos e os primeiros livros. Penduramos painéis coloridos de tecido sobre seu berço, que foi do seu papai quando ele era bebê. A vovó Jean o guardou por todos esses anos. *Só para você, filho.*

Enchemos as prateleiras com uma enorme variedade de bichos de pelúcia e bolas de todos os esportes possíveis.

Papai fez um cavalo de balanço de madeira com uma linda crina vermelha e dourada. Ele também fez um móbile delicado com planetas, luas e estrelas e uma caixinha de música.

Toda vez que puxamos a corda, ela toca "Whistle a Happy Tune". Penso em você sempre que ouço essa canção.

Mal podíamos esperar para conhecê-lo.

Nick,

Matt fez de novo. Quando voltei do trabalho, havia um presente em cima da mesa da cozinha. Estava embrulhado em um papel dourado com corações e um laço de fita azul. Não há como amar Matt mais do que já amo.

Sacudi o embrulho e um bilhete se soltou da fita. Dizia: "Vou trabalhar até mais tarde hoje, Suze, mas estarei pensando em você, como sempre. Volto antes das 22h. Matt."

Eu me perguntei onde Matt iria trabalhar até as 22h, mas logo deixei para lá. Desfiz o embrulho cuidadosamente. Havia uma caixinha. Levantei a tampa.

Dentro estava um lindíssimo colar antigo de prata. Um medalhão no formato de coração com uma grande safira preso a uma corrente. Devia ter uns 150 anos.

Apertei o fecho e o coração se abriu para revelar a mensagem que estava gravada em seu interior.

Nicolas, Suzana e Matt: para sempre um.

Nick...

Há alguns anos saiu um livro chamado *As pontes de Madison*. Acho que parte do motivo do enorme sucesso dele é o fato de tanta gente sentir falta de romantismo em suas vidas. Mas um dos argumentos do livro era que as histórias de amor duram pouco tempo – para os personagens principais, Robert e Francesca, apenas alguns dias.

Nicky, por favor, não acredite nisso. O amor entre duas pessoas pode durar muito tempo quando elas amam a si mesmas e estão prontas para dar amor a outra pessoa.

Eu estava pronta. E Matt também.

Seu pai está começando a me deixar sem graça. Ele é bom *demais* e me faz muito feliz. Como hoje. Ele aprontou de novo.

A casa estava cheia de amigos e parentes quando desci do quarto esta manhã com minha cara de sono e um pijama largo cor-de-rosa.

Tinha esquecido que era meu aniversário, meus 36 anos, mas Matt não. Ele havia preparado um café da manhã surpresa... e como fiquei surpresa. Inacreditavelmente surpresa.

"Matt?", eu disse, rindo envergonhada e cruzando os braços na frente do meu pijama amassado. "Eu vou matar você."

Ele passou por entre as pessoas que estavam amontoadas na cozinha. Trazia um copo de suco de laranja nas mãos e um sorriso brincalhão nos lábios.

"Vocês são testemunhas do que minha mulher disse. Ela parece doce e inofensiva, mas na verdade é uma assassina. Feliz aniversário, Suzana."

A vovó Jean me deu o presente dela e insistiu que eu o abrisse imediatamente. Dentro do pacote havia um lindo roupão de seda azul, que eu vesti para esconder meu pijama de flanela. Dei um abraço apertado nela por me levar o presente perfeito.

"O café está pronto e *gostoso*!", gritou Matt e todo mundo se aproximou suspirando da mesa, que estava coberta de pães, ovos mexidos, uma variedades de frios, o bolo caseiro de Jean e muito café quente.

Depois que se fartaram com o café da manhã e, sim, com o *bolo de aniversário*, todos foram embora e nos deixaram sozinhos em casa. Matt e eu nos atiramos no sofá da sala, que era grande e confortável.

"E aí, como se sente, Suzie, fazendo mais um aniversário?"

Não pude deixar de sorrir.

"Sabe, a maioria das pessoas tem pavor de aniversários. Elas pensam *ai, meu Deus, estou ficando velha.* Pois eu sinto o oposto. Para mim, cada dia é um presente extraordinário. Só por estar aqui. Principalmente por estar aqui com você. Obrigada pela festa de aniversário, Matt. Eu te amo."

Então Matt soube exatamente o que fazer. Primeiro, ele se aproximou e me deu um beijo na boca delicadamente. Depois me pegou no colo e me levou até nosso quarto, no andar de cima, onde passamos o resto da manhã do meu aniversário e, preciso admitir, a maior parte da tarde do meu aniversário.

Querido Nicky,

Ainda me sinto um pouco abalada ao escrever sobre o que aconteceu há algumas semanas. Foi o dia em que mais trabalhei desde que saí de Boston.

Um operário da construção civil foi levado às pressas para o pronto-socorro do hospital mais ou menos às 11 da manhã. Matt o conhecia e conhecia sua família. O homem tinha caído de uma escada de mais de cinco metros e batido a cabeça. Na época em que dei plantão no Hospital Geral de Massachusetts, vi muitos casos de trauma assim. Coloquei o pronto-socorro para funcionar a todo vapor, dando ordens e orientações.

O homem se chamava John Macdowell. Era casado, tinha 30 anos e quatro filhos. A ressonância magnética mostrou um hematoma intracraniano. Precisávamos diminuir a pressão sobre o cérebro dele imediatamente. Pensei que estivesse diante de alguém à beira da morte. Não queria deixar que isso acontecesse a um jovem pai.

Ele teve uma parada cardíaca. Quase morreu, mas conseguimos trazê-lo de volta. Tive vontade de dar um beijo em John Macdowell simplesmente por ele estar vivo. Foram necessárias quase três horas para estabilizá-lo.

A mulher dele veio vê-lo com as crianças. Estava fragilizada e não conseguia parar de chorar. Ela se chamava Meg e estava com um menininho no colo. A pobre moça parecia estar carregando o peso do mundo nas costas. Provavelmente, foi assim que ela se sentiu naquele dia.

Pedi um sedativo leve para a Sra. Macdowell e me sentei ao seu lado até que ela se recuperasse. As crianças estavam evidentemente assustadas também.

Peguei uma das meninas no colo, a de 2 anos, e acariciei de leve seus cabelos. "O papai vai ficar bem", eu disse.

A mãe ficou olhando, absorvendo minhas palavras. O que eu estava dizendo era mais para ela do que para as crianças.

"Ele só levou um tombo, como acontece com vocês às vezes. Então a gente deu um remédio para ele e fez um curativo bem grande. Agora ele vai ficar bem. Eu sou a médica dele e prometo isso."

A menininha e as outras crianças prestaram atenção em cada palavra que eu disse. Bem como a mãe delas.

"Obrigada, doutora", a mulher finalmente sussurrou. "Nós amamos muito o John. Ele é uma pessoa muito boa."

"Eu sei. Deu para perceber pela preocupação de todo mundo. Todos os colegas de trabalho dele vieram ao pronto-socorro. Ele vai ficar internado por alguns dias. Quando chegar a hora de receber alta, eu lhe explicarei o que será preciso fazer em casa. A situação dele é estável agora. Quer que eu fique com as crianças um pouco? Você pode ir vê-lo."

A menininha desceu do meu colo. A Sra. Macdowell passou o bebê que estava em seus braços para os meus. Ele era muito pequenininho, tinha uns 2 ou 3 meses. A mãe não devia ter mais do que 25 anos.

"Tem certeza, Dra. Bedford? A senhora tem tempo para isso?", ela me perguntou.

"Tenho todo o tempo do mundo para você, John e as crianças."

Fiquei ali sentada, segurando aquele bebê, e não pude deixar de pensar no menininho que crescia dentro de mim. E também na mortalidade e em como nós a enfrentamos todos os dias da nossa vida.

Eu sabia que era uma médica muito boa. Mas foi só naquele momento, segurando o bebezinho dos Macdowell, que soube que seria uma boa mãe.

Não, Nick, eu soube que seria uma *ótima* mãe.

"O que foi *isso*?", eu disse. "Matt... amor, tem alguma coisa acontecendo. Estou com um pouco de... dor. *Nossa.* Não, é mais do que um pouco de dor", falei com dificuldade.

Deixei o garfo cair no chão da Black Dog Tavern, onde estávamos jantando. *Isso não poderia estar acontecendo. Não agora.* Ainda faltavam semanas para o parto. Eu não podia estar tendo uma contração.

Matt agiu imediatamente. Ele estava mais preparado para aquele momento do que eu. Atirou dinheiro sobre a mesa e me levou para fora do restaurante.

Parte de mim sabia o que estava acontecendo. Pelo menos era no que eu acreditava. *Contrações de Braxton Hicks.* São só um treinamento do corpo, não significam que chegou a hora de o bebê nascer. As grávidas às vezes têm essas dores, inclusive no primeiro trimestre da gestação, mas quando a dor aparece no terceiro, pode ser confundida com trabalho de parto.

Mas minha dor parecia estar *acima* do útero, espalhando-se sob o pulmão esquerdo. Parecia uma facada e me deixava sem ar.

Entramos no Jeep e seguimos direto para o hospital.

"Tenho certeza de que não é nada", eu disse. "Nicky só está dando uma amostra de como ele está bem fisicamente."

"Que bom", disse Matt, sem tirar os olhos da estrada.

Eu estava sendo monitorada semanalmente, porque a gravidez era considerada de alto risco. Mas tudo ia bem, mais do que bem, até então. Se eu estivesse com algum problema, saberia. Não saberia? Eu estava sempre alerta a qualquer indício. O fato de eu ser médica me deixava ainda mais preparada.

Mas eu estava errada. Havia um problema. Do tipo sobre o qual você às vezes prefere nem saber com antecedência.

Esta é a história de como nós dois quase morremos.

Nicolas,

Nós tínhamos a melhor obstetra de Martha's Vineyard e uma das melhores de toda a Nova Inglaterra. A Dra. Constance Cotter chegou ao hospital cerca de 10 minutos depois de eu entrar lá com Matt.

Eu já estava me sentindo melhor, mas Connie ficou ao meu lado, monitorando me durante as duas horas seguintes. Pela pressão que fazia no maxilar, dava para perceber que ela estava tensa. Ela estava preocupada com meu coração. Ele seria forte o suficiente? Ela também estava preocupada com você, Nicky.

"Isso é perigoso", disse Connie, tirando qualquer ilusão minha. "Suzana, sua pressão está tão alta que estou avaliando se não seria melhor fazer o parto agora. Sei que não está na hora, mas você me deixou preocupada. O que eu *vou* fazer é mantê-la aqui esta noite por garantia. E quantas noites mais forem necessárias. E não, essa decisão não é algo que você possa contestar.

Olhei para Connie como quem diz *você deve estar brincando. Sou médica. Moro pertinho do hospital. Posso vir para cá imediatamente se for preciso.*

"Nem adianta. Você vai ficar", continuou ela. "Vá assinar os papéis da internação. Vou voltar para ver você antes de ir embora. Isso não é negociável, Suzana."

Era estranho me internar no hospital em que eu trabalhava. Mais ou menos uma hora depois, Matt e eu estávamos no meu quarto esperando Connie. Eu estava explicando a ele o que sabia até então, principalmente sobre pré-eclampsia.

Ele queria saber todos os detalhes e fez muitas perguntas. Então eu expliquei e vi que ele se remexeu desconfortavelmente na cadeira.

"Foi você que quis saber", eu disse.

Connie finalmente voltou. Aferiu minha pressão de novo.

"Suzana, está mais alta do que antes", disse. "Se não baixar nas próximas horas, vou induzir o parto."

Eu nunca tinha visto Matt tão nervoso.

"Vou passar a noite aqui com você, Suzana", disse ele

"Não precisa", eu disse. "E ficar sentado numa cadeira desconfortável me vendo dormir? É besteira."

Mas Connie olhou para mim e, em seu tom usado apenas com pacientes, disse: "Acho uma ótima ideia. É melhor que Matt fique com você, Suzana."

Então Connie aferiu minha pressão e me examinou mais uma vez antes de ir embora.

Fiquei observando o rosto dela, procurando por qualquer sinal de problema. *Que tipo de olhar era aquele?*

Connie me encarou de um jeito estranho e eu não consegui entender direito o que significava aquela expressão em seu rosto. Então ela disse:

"Suzana, não estou conseguindo ouvir direito o coração do bebê. Precisamos tirá-lo *agora*."

Querido Nicolas,

A vida inteira eu desejei ter um filho. Queria parto natural, igual a minha mãe e a minha avó. Connie sabia o quanto isso era importante para mim. Matt e eu fizemos aulas de preparação juntos. Ela me ouvia falar sobre isso sem parar em seu consultório e mesmo quando almoçávamos juntas.

Pude ver a tristeza em seu rosto quando ela se aproximou de mim. Ela segurou minha mão com força.

"Suzana", ela sussurrou, "eu queria trazer este bebê ao mundo do jeito que você sempre sonhou. Mas você sabe que não posso permitir que você ou o bebê corram riscos. Precisamos fazer uma cesárea."

Meus olhos se encheram de lágrimas, mas eu assenti com a cabeça.

"Eu sei, Connie. Confio em você."

Depois disso, foi tudo muito rápido.

Connie administrou sulfato de magnésio para tentar evitar a eclampsia. Eu me senti pior do que nunca, com uma dor de cabeça lancinante.

Matt ficou o tempo todo ao meu lado enquanto me preparavam para a cesárea. Um médico novo lhe disse que era uma emergência e que ele não poderia ficar comigo. Graças a Deus Connie voltou naquele exato momento e autorizou que Matt ficasse.

Connie então me contou o que estava acontecendo. Meu fígado estava inchado. A contagem de plaquetas no sangue estava assustadora e a minha pressão estava em 19 por 13.

Pior, Nicky, *o seu* coração estava batendo mais fraco.

“Você vai ficar bem, Suzana”, Connie dizia. Sua voz soava como um eco de um cânion distante e as luzes da sala pareciam girar descontroladamente.

“E o Nicky?”, sussurrei, com os lábios ressecados.

Tinha esperanças de que ela respondesse *Nicky vai ficar bem também*, mas Connie não disse nada. Meus olhos se encheram de lágrimas de novo.

Fui levada para a sala de cirurgia, onde eles não estavam apenas prontos para um parto como também para me fazer uma transfusão de sangue. A contagem das minhas plaquetas havia caído. Eu sabia o que estava acontecendo. Se tivesse uma hemorragia interna, eu morreria.

Quando estava recebendo a anestesia peridural, vi o Dr. Leon, meu cardiologista, ao lado do anestesista. *Por que Leon estava ali? Ah, Deus, não. Por favor, não deixe que isso aconteça. Por favor, eu imploro.*

Puseram uma máscara de oxigênio no meu rosto. Eu tentei resistir. Connie levantou a voz:

“Não, Suzana. Fique com o oxigênio.”

Era como se eu estivesse pegando fogo. Só que não conseguia me lembrar que o sulfato de magnésio provocava isso. E não sabia que meus rins estavam falhando, que as plaquetas estavam perigosamente baixas e que a pressão havia subido ainda mais, para alarmantes 20 por 11,5. Não sabia que tinha recebido injeções de esteroides para acelerar a maturação dos pulmões do bebê e aumentar suas chances de sobrevivência.

Os minutos seguintes foram um borrão. Vi um afastador surgir e percebi a preocupação no rosto de Connie. Ela desviou depressa o olhar do meu.

Ouvi ordens entrecortadas, bipes frios e insensíveis das máquinas e Matt dizendo palavras encorajadoras. Escutei um som alto de sucção quando limparam o líquido amniótico e o sangue de dentro de mim.

Fiquei entorpecida, tonta, com uma sensação estranha de não estar lá, de não estar em lugar nenhum, na verdade.

O que me trouxe de volta desse outro mundo foi *um choro.* Um choro nítido e forte. Você estava anunciando sua chegada como um bravo guerreiro.

Matt, Connie e eu começamos a chorar também. Você era tão pequenininho, tinha pouco mais de 2,7 quilos. Mas era muito forte. E alerta. Principalmente considerando o estresse por que havia passado.

Você olhou direto para o papai e para mim. Nunca vou me esquecer disso. *A primeira vez que vi seu rosto.*

Consegui pegá-lo em meus braços antes de levarem você para a UTI neonatal. Olhei para seus olhos lindos, que você lutava para manter abertos, e consegui sussurrar pela primeira vez: "Eu te amo."

Nicolas, o Guerreiro!

Katie

NAQUELA NOITE, Katie sentiu-se confusa e com medo mais uma vez. Enquanto lia mais algumas páginas do diário, forçou-se a comer umas garfadas de macarrão com legumes e a beber um pouco de chá. Não ajudou.

Tudo estava indo rápido demais em sua cabeça e principalmente em seu corpo, que inchava.

Um bebê havia nascido. Nicolas, o Guerreiro. Outro crescia dentro dela.

Katie precisava analisar tudo aquilo racionalmente. Quais eram as possibilidades? O que poderia estar acontecendo agora?

Matt teria traído Suzana por todos esses meses?

Teria traído e não seria a primeira vez?

Matt haveria se divorciado dela? Teria ele abandonado Suzana e Nicolas por algum motivo que ainda iria ser revelado no diário?

Suzana teria trocado Matt por outra pessoa?

Suzana teria morrido? Seu coração teria parado?

Suzana estaria viva, mas muito doente?

Onde Suzana estaria agora? Talvez Katie devesse tentar ligar para ela. Talvez elas devessem conversar. Não sabia se isso era uma boa ideia ou um dos piores erros da sua vida.

Tentou pensar na situação. O que tinha a perder? Um pouco de orgulho, mas não muito mais do que isso. *Mas e Suzana?* E se ela não tivesse ideia do que Matt vinha fazendo? Seria possível? Claro que sim. Não era mais ou menos isso o que havia acontecido com Katie? Agora qualquer coisa lhe parecia possível. Tudo *era* possível. Então o que havia de fato acontecido?

Era devastador... insuportável. Ela havia sido abandonada pelo homem que amava e em quem confiava, aquele que achava que entendia tão bem. Isso não chegava a ser incomum, o que era ainda mais triste.

Ela se lembrou de um momento específico com Matt que a encorajara a continuar. Numa noite, ele havia acordado ao lado dela chorando. Ela o abraçara por um bom tempo e acariciara seu rosto. Finalmente, Matt sussurrara: "Estou tentando muito deixar tudo para trás. E vou conseguir. Eu prometo, Katie."

Meu Deus, era tudo uma loucura!

Katie deu um soco na própria coxa. Estava com o pulso acelerado. O peito doía. Levantou-se do sofá, correu até o banheiro e pôs para fora o que havia comido.

UM POUCO MAIS TARDE, Katie foi até a cozinha e fez mais chá. Ela e Guinevere ficaram sentadas olhando para as paredes. Ela mesma havia colocado os armários. Os funcionários da carpintaria já até a conheciam. Katie tinha sua própria caixa de ferramentas e se orgulhava de nunca precisar chamar o zelador para consertar qualquer coisa. *Então conserte o que há de errado com seu coração,* pensou Katie. *Conserte isso!*

Finalmente, pegou o telefone.

Merlin abriu um olho sonolento e ficou observando enquanto a dona digitava nervosamente alguns números e esperava alguém atender do outro lado da linha.

– Oi, mãe. Sou eu – disse ela com uma voz que saiu num tom muito mais baixo do que pretendia.

– Eu sei, Katie. Qual é o problema, querida? Você não pode vir para casa por pelo menos uns dias? Acho que faria bem a todos nós.

Era muito difícil, muito ruim.

– A senhora pode pedir ao papai para pegar o telefone também? – falou. – Chame o papai, por favor.

– Estou aqui, Katie – disse o pai. – Estou no escritório. Atendi quando o telefone tocou. Como você está?

Ela suspirou fundo.

– Bom... eu estou grávida – Katie disse afinal.

E então os três começaram a chorar ao telefone... porque eles eram assim. Mas a mãe e o pai de Katie logo a estavam reconfortando:

– Está tudo bem, Katie. Nós amamos você, nós estamos com você, nós entendemos.

Porque eles eram assim também.

O Diário

Nicolas,

Para registro. Você começou a dormir a noite toda logo no começo. Não todas as noites, mas a maioria delas, desde quando você tinha mais ou menos duas semanas de vida, para inveja de todas as outras mães!

Às vezes você acorda faminto, acho que porque cresce muito enquanto dorme. Que gulosinho você é! Você mama *qualquer coisa* que lhe dou – seja o peito, a mamadeira com leite ou com água. Você pega tudo, sem reclamar.

Na primeira vez que voltamos à pediatra depois dos check-ups que foram necessários quando você saiu do hospital, ela nem acreditou em como você prestava atenção aos brinquedos do consultório.

"Ele é extraordinário... é incrível, Suzana", ela exclamou. E disse que você era "muito inteligente e forte" quando levantou a cabecinha ao ser posto de bruços.

Isso é um grande feito para um bebê de duas semanas. Nicolas, o Guerreiro!

Você foi batizado na igreja Mary Magdalene. O dia estava lindo. Você usou a minha roupa de batizado – uma relíquia da família da minha tia Romelle, de Newburgh, Nova York, feita à mão, que também havia sido usada pelos meus primos e vários outros parentes ao longo dos últimos 50 anos, mas estava em perfeitas condições. Você ficou uma graça e ganhou muitos elogios.

O monsenhor Dwyer ficou encantado por você. Durante o batizado, você não parou de tentar tocar a mão dele e pegar o livro de orações. Ficou olhando direto para ele, absolutamente atento.

Perto do final da cerimônia, percebendo que você não havia perdido um movimento sequer, o monsenhor Dwyer disse: "Não sei *o que* você vai ser quando crescer, Nicolas. Por outro lado... você *já* cresceu."

Hoje é meu primeiro dia de volta ao trabalho. Não é de surpreender, mas já estou com saudade. Não, na verdade é mais do que isso: *eu me sinto perdida sem você.*

Escrevi uma coisa enquanto estava pensando em você, entre uma consulta e outra:

Ouro da mãe
Meu amor é ritmo
Rima e balé.
Amo seu riso
O que você é
Aqui e onde for
Enquanto puder.

Acho que poderia fazer centenas de versinhos sobre você. Eles simplesmente surgem em minha mente quando você faz alguma coisa engraçada, sorri ou mesmo quando dorme. O que eu posso dizer? Você inspira poesia.

Matt também adora meus versos. E, vindo dele, isso é um elogio e tanto. Não se engane quanto a isso. O escritor da família é o papai. Mas ainda assim eu adoro fazer esses poeminhas para você. Acabo de pensar em mais um!

Você é meu Nicky que eu adoro
Você dá um sorriso e eu o pego no colo
Dou um abraço, faço cafuné
Beijo sua bochecha, a barriga e o pé.
Dou montes de beijos e depois sabe o quê?
Corro de volta para beijar mais você.

Bem, rapazinho, agora preciso parar. Minha próxima paciente já chegou. Se ela soubesse o que estou fazendo atrás da porta fechada do consultório, na certa iria correndo para a clínica de Edgartown.

Pensei que seria fácil voltar ao trabalho ficando só por meio período, que eu iria me acostumar à rotina de novo. Mas, desde que cheguei hoje de manhã, tudo o que quis fazer foi ver fotos suas e escrever meus poemas bobos.

Se alguém estivesse me espiando, pensaria que eu estou apaixonada.

E estou.

Nicky, sou eu de novo...

Esta noite ouvi você chorando e me levantei para ver qual era o problema. Você olhou para mim todo tristinho. Seus olhos azuis são sempre muito expressivos.

Verifiquei sua fralda, mas não era isso. Tentei lhe dar de mamar, mas você também não estava com fome.

Então peguei você no colo e me sentei na cadeira de balanço ao lado do berço. Ficamos indo para a frente e para trás, para a frente e para trás, como as ondas do mar.

Lentamente, seus olhos começaram a se fechar e suas lágrimas se dissolveram em doces sonhos. Coloquei você de volta no berço e fiquei olhando seu bumbunzinho subir e descer. Então virei você de costas e fiquei observando sua barriguinha.

Acho que você só precisava de um pouco de companhia. Será que só queria ser abraçado e ninado e ter alguém falando com você?

Eu estou aqui, querido. E sempre vou estar aqui para você.

"O que você está fazendo, Suzie?", Matt sussurrou.

Eu não tinha escutado os passos dele. O papai consegue ser silencioso como um gato.

"Nick não estava conseguindo dormir."

Matt olhou para o berço e viu a sua mãozinha minúscula enfiada na boca como um mordedor.

"Meu Deus, como ele é lindo", sussurrou Matt. "Estou falando sério... ele é maravilhoso."

Olhei para você. Não havia um centímetro seu que não fizesse meu coração disparar.

Matt passou os braços pela minha cintura.

"Quer dançar, Sra. Harrison?"

Ele não me chamava assim desde o dia do nosso casamento. Meu coração se agitou como um passarinho num chafariz num dia de verão.

"Acho que estão tocando a nossa música."

Naquela noite, Matt e eu ficamos dançando ao som das notas que saíam da sua caixinha de música. Passando pelos bichos de pelúcia, pela Mamãe Gansa, por seu cavalinho de balanço, pelas estrelas e as luas que flutuam no seu móbile. Dançamos devagar e com muito amor sob a luz suave do seu quarto.

Quando a música parou, Matt me beijou e disse:

"Obrigado, Suzana. Obrigado por esta noite, esta dança e, principalmente, por este menininho. O meu mundo inteiro está bem aqui, neste quarto. Se eu não tiver mais nada, já terei tudo."

E então estranhamente – magicamente –, como se a caixinha de música estivesse descansando, ela tocou mais um doce refrão.

Nick,

Hoje precisei ficar o dia inteiro fora, trabalhando, e Melanie Bone foi cuidar de você. Como as meninas foram passar uma semana no Maine com a mãe dela, Mel deu uma folga para a vovó Jean aqui. É estranho ficar longe de você por tanto tempo. Não consigo parar de pensar no que você está fazendo agora.

E *agora.*

E *agora.*

Na última vez em que me senti tão cansada, eu estava trabalhando feito doida em Boston, no Hospital Geral de Massachusetts. Talvez seja porque ultimamente ando fazendo malabarismo com milhares de coisas de novo. Trabalhar e ser mãe de um bebê é mais difícil do que eu imaginava. Sempre tive grande respeito por todas as mães, mas agora ele é ainda maior. Mães que trabalham fora, mães em tempo integral, mães solteiras... todas são incríveis.

Hoje aconteceu uma coisa no hospital que me fez pensar no seu parto.

Uma mulher de 41 anos de Nova York estava passando as férias aqui e teve de ser levada às pressas para o hospital. Estava no sétimo mês de gravidez e nada bem. Ela teve uma hemorragia. Foi uma correria na emergência. A mulher acabou perdendo o bebê, foi terrível, e eu precisei tentar consolá-la.

Você deve estar se perguntando por que estou escrevendo sobre isso. Eu mesma pensei duas vezes antes de lhe contar essa história triste.

Mas ela fez com que eu me desse conta, mais do que nunca, de quanto somos vulneráveis, de como viver pode ser igual a andar na corda bamba: um passo em falso e caímos. O simples fato de ver aquela pobre mulher hoje e de me lembrar de quanto temos sorte me deixou sem ar.

Ah, Nicky, às vezes eu gostaria de poder guardar você em um lugar seguro, como uma relíquia preciosa. Mas o que é a vida se não a vivermos? Acho que sei bem disso.

Lembro-me de um ditado que minha avó costumava usar: um hoje vale dois amanhãs.

Querido exibidinho,

Você está começando a segurar a mamadeira. Ninguém consegue acreditar. Esse menininho se alimenta sozinho aos 2 meses! Cada nova experiência sua é um presente para mim e o papai.

Às vezes fico meio boba e parece que meu mundo são sapatinhos de bebê, carros com porta-malas grandes e a rotina caseira. Então acabei decidindo que precisava ter uma foto sua feita por um profissional.

Acho que toda mãe um dia faz isso, não?

Hoje era o dia perfeito. Alguém em Nova York está interessado nos poemas de papai e ele foi para lá. Matt está sendo muito discreto quanto a isso, mas a notícia é ótima. Então nós dois ficamos sozinhos em casa e eu tinha um plano.

Vesti você com um macacão jeans desbotado (muito legal), suas botinhas (iguais às do papai) e um boné do Red Sox (com a aba meio de lado). Depois tive que desistir do boné. Você não o deixou na cabeça de jeito nenhum.

Eis o que aconteceu, só para o caso de você não lembrar.

Assim que chegamos ao estúdio de fotografia, você olhou para mim como quem dissesse *isso é um baita erro.* Acho que foi mesmo.

O fotógrafo era um homem de uns 50 anos sem o menor jeito com crianças. Não que ele fosse ruim, só era sem noção. Fiquei imaginando que a especialidade dele eram naturezas-mortas, porque ele tentou agradar você com uma variedade de frutas e legumes.

Bom, uma coisa é certa. Agora temos uma coleção inusitada de fotografias suas. Você começa com o olhar de surpresa, que rapidamente se transforma numa expressão de incômodo. Depois vem a fase irritada, que logo dá lugar à parte furiosa do álbum. E por último, mas não menos importante, vem a catástrofe irreparável.

Pelo menos tenho um consolo: você não vai contar ao papai. Ele na certa iria repetir milhares de *eu avisei.*

Perdoe sua mãe por isso. Prometo que nunca vou mostrar essas fotos às suas namoradas, aos amigos de faculdade ou à vovó Jean. Ela as exibiria em todas as vitrines de Vineyard.

Nicky,

Estava frio, mas agasalhei você bem e fomos fazer um piquenique na praia Bend in the Road para comemorar o aniversário de 37 anos do papai. *Minha nossa, como ele está velho!*

Fizemos anjos e castelos na areia e escrevemos seu nome em letras gigantes que as ondas vieram apagar. Então nós o escrevemos *de novo*, onde a água não pudesse alcançá-lo.

Foi muito divertido ver você e o papai brincando juntos. Vocês dois são peixe e peixinho, cara de um, focinho do outro, tal pai, tal filho! O seu jeito, a forma como se move, os gestos são todos de Matt. E vice-versa. Às vezes olho para você e consigo imaginar o papai quando menino. Vocês dois são alegres, graciosos e atléticos, uma coisa linda de se ver.

Depois de terem lutado contra ouriços-do-mar e monstros de areia, vocês voltaram ao lençol com que havíamos forrado o chão. Foi quando Matt enfiou a mão no bolso e tirou uma carta que entregou para mim.

"O editor de Nova York não quis minha coletânea *ainda*, mas ganhei um prêmio de consolação", disse ele.

Ele havia mandado um poema para uma revista, a *Atlantic Monthly*, e seria publicado. Matt nem havia me contado que estava fazendo isso. Disse que não queria que eu soubesse caso não desse certo. Mas deu certo, Nicky, e ele recebeu a carta no dia do aniversário dele.

Perguntei se eu podia ler o poema e ele desdobrou outro papel. Estava com ele o tempo todo. Meus olhos se encheram de lágrimas quando vi o título: "Nicolas e Suzana".

Matt me contou que vinha anotando todas as coisas que digo e canto para você e que tinha se esforçado para entreouvir meus poeminhas e rimas.

Disse que o poema não era só dele, mas meu também. Disse que era a *minha* voz que ele escutava quando lia esses versos, de modo que nós os havíamos criado juntos.

Papai leu parte do poema em voz alta, tendo o som das ondas e os gritos das gaivotas ao fundo.

Nicolas e Suzana

Por eles as copas das árvores se agitam
e os homens voltam para casa de terras distantes.
Eles transformam palha em ouro
seu amor é o farol dos navegantes.

Por eles a chuva vem do céu
e a lua se entrega a uma cantiga de ninar.
Eles realizam os desejos das fontes
e fazem canções para as conchas do mar.

É assim que abençoam o mundo
minha esposa e meu filho.
Com eles o pouco vira muito.
Por eles eu vivo.

O que poderia ser melhor do que isso?
Nada, nada mesmo.
Papai disse que este foi o melhor aniversário da vida dele.

Nicolas,

Algo inesperado aconteceu e infelizmente não foi bom.

Chegou mais uma vez a hora das suas temidas vacinas. Detesto ter que fazer você passar por isso, mas, como sua médica de Vineyard estava de férias, resolvi ligar para um amigo de Boston que é pediatra. Já era tempo de fazer uma visita a Boston de qualquer maneira.

Enquanto estivéssemos lá, eu também poderia fazer um check-up e rever os amigos, olhar as vitrines na Newbury Street, comer no Harvard Gardens e – o melhor de tudo – exibir você, Nicky Repique.

Fomos de balsa até Woods Hole e pegamos a Rota 3 às nove da manhã. Era nossa primeira aventura fora da ilha. *A viagem de Nicolas à cidade grande!*

Começamos pelo seu médico. A sala de espera do consultório era exatamente o que se poderia esperar. Gizes de cera e blocos espalhados por todos os cantos. Um relógio preto em forma de gato mexia o rabo com os olhos acompanhando o passar do tempo. Você ficou hipnotizado por ele.

Os outros bebês estavam chorando e agitados, mas você ficou sentado quietinho, observando tudo ao redor.

"Nicolas Harrison", a recepcionista chamou afinal. Foi engraçado ouvir seu nome anunciado de forma tão solene. Quase cheguei a esperar que você respondesse "Presente".

Foi bom ver meu velho amigo Dan Anderson e ele mal pôde acreditar em como você já estava grande. Disse que viu muito de mim em você (e é claro que isso me deixou emocionada, mas, para ser justa, tive de mostrar a ele fotos do papai também).

"Você parece muito feliz, Suzana", Dan disse enquanto media, apalpava e examinava você, Nicky.

"E estou mesmo, Dan. Nunca me senti tão feliz. É uma maravilha."

"Sair da cidade lhe fez muito bem. E olhe só para esse seu futuro zagueiro!"

Eu fiquei toda boba.

"Ele é o melhor menininho do planeta. Como se você nunca tivesse ouvido isso antes, né?"

"Não de você, Suzana", ele respondeu, colocando você de volta no meu colo. "É ótimo vê-la de novo, mamãe Bedford. E, no que diz respeito a este rapazinho aqui, ele está vendendo saúde."

Mas isso eu já sabia.

Depois chegou a minha vez.

Fiquei sentada na maca, já vestida, esperando o Dr. Phil Berman voltar. Ele tinha sido meu médico em Boston e se mantivera em contato com o especialista de Martha's Vineyard. O trabalho de um complementava o do outro muito bem.

Os resultados dos exames estavam demorando um pouco mais do que o normal. Uma das enfermeiras tinha ficado cuidando de você do lado de fora, mas eu estava ansiosa para pegá-lo no colo e também para voltar para Vineyard. Foi quando Phil entrou e pediu que eu o acompanhasse até a sala dele.

Como éramos velhos amigos, conversamos sobre amenidades por uns minutos. Então Phil começou a falar de trabalho.

"Não gostei muito do seu teste de esforço, Suzana. Seu eletrocardiograma está um pouco alterado. Tomei a liberdade de ligar para a Dra. Davis. Sei que Gail foi sua cardiologista quando você ficou internada aqui. Ela já está com seu histórico médico que veio de Vineyard e vai encaixá-la para uma consulta ainda hoje."

"Espere um pouco, Phil", eu disse, perplexa. Aquilo tinha de estar errado. Eu vinha me sentindo bem... *ótima*, na verdade. Estava na melhor forma do mundo. "Isso não pode estar certo. Você tem certeza?"

"Pelo seu histórico, eu estaria sendo negligente se não insistisse que Gail Davis desse uma olhada em você. Ei, Suzana, você já está aqui. Martha's Vineyard é bem longe. Vá a essa consulta. Não vai demorar muito. Nós cuidamos do Nicolas. Será um prazer."

E então Phil continuou, alterando um pouco o tom de voz:

"Suzana, nós nos conhecemos há muito tempo. Só quero que você cuide do que quer que isso possa ser. Talvez não seja absolutamente nada, mas gostaria de ouvir uma segunda opinião. Você faria o mesmo se fosse com um paciente seu."

Pareceu um déjà vu, seguir pelos corredores a caminho do consultório de Gail Davis. *Meu Deus, por favor, não deixe isso acontecer de novo. Não agora. Por favor, Deus. Tudo está tão bom na minha vida.*

Entrei na sala de espera como se estivesse passando pela névoa pesada de um pesadelo. Não conseguia me concentrar nem pensar direito. Um mantra sinistro não parava de se repetir em minha cabeça: *isto não está acontecendo.*

Uma enfermeira se aproximou de mim. Eu a conhecia da época do infarto. "Pode vir comigo, Suzana", disse ela.

Eu a segui como se fosse uma prisioneira no corredor da morte.

Isto não está acontecendo.

Fiquei lá por quase duas horas. Acho que fiz todos os exames cardiológicos que existem. E, mesmo sabendo que você estava em boas mãos no consultório do Dr. Berman, fiquei preocupada.

Quando os exames finalmente acabaram, Gail Davis entrou. Estava com a expressão séria. Lembrei a mim mesma que esse era o jeito dela, que agia assim até mesmo em festas e eventos sociais, mas não ajudou muito.

"Você *não* teve outro ataque cardíaco, Suzana. Posso tranquilizá-la quanto a isso. Mas *duas* das suas válvulas estão frágeis. Suspeito que o problema tenha sido provocado pelo infarto. Ou pela gravidez. Com as válvulas prejudicadas, seu coração tem dificuldade para bombear o sangue. Você sabe o que isso significa, Suzana, mas tenho a obrigação de deixar claro. Este é um alerta. Você tem muita sorte por recebê-lo."

"Não estou me sentindo tão sortuda", eu disse.

"Algumas pessoas nunca recebem um alerta e então não têm a oportunidade de evitar um problema mais sério. Quero que faça mais alguns exames quando voltar a Martha's Vineyard, depois discutiremos suas opções. Talvez seja necessário substituir as válvulas, talvez não."

Agora estava difícil respirar. Eu me recusava a chorar na frente de Gail.

"É tão estranho", eu disse. "Tudo pode estar indo perfeitamente bem e então um dia, *bum*, somos apanhados de surpresa... um maldito e mísero golpe que nem tivemos chance de ver."

Gail Davis não disse nada, apenas pôs a mão gentilmente nas minhas costas.

Nicky,

Como dizia Michele Lentini, uma italianinha mal-humorada que era minha melhor amiga em Cornwall, Nova York: *ah, Mãe do Céu.* Ou, como diziam os Blues Brothers, *não vão nos pegar, estamos numa missão divina!*

Olhei pelo retrovisor e lá estava você, mexendo os pezinhos para cima e para baixo e esticando os bracinhos na minha direção. O mundo passava por nós e eu tinha a impressão de que nosso caminho para casa era uma queda.

Eu conversei com você, Nicky. Tivemos uma conversa muito séria.

"Minha vida está tão ligada a você que parecia impossível que alguma coisa ruim pudesse me acontecer agora. Mas acho que o amor nos dá essa falsa sensação de segurança."

Pensei nisso por um instante. Ter me apaixonado por Matt e estar tão apaixonada por ele *havia* me dado uma sensação de segurança.

Como qualquer coisa ruim conseguiria nos atingir? Que mal poderia acontecer a nós?

E você me dá a mesma sensação, Nick. Como o que quer que fosse poderia nos separar? Como é que eu *não* o veria crescer? Isso seria cruel demais. Deus não permitiria.

As lágrimas que eu havia segurado no escritório da Dra. Davis de repente inundaram meus olhos. Sequei-as logo e me concentrei na estrada que nos levava para casa. Então segui viagem no meu ritmo tipicamente lento e seguro.

Fui conversando com você pelo retrovisor, olhando-o na cadeirinha no banco de trás.

"Vamos fazer um acordo, está bem, menininho? Todas as vezes que eu fizer você sorrir, teremos mais um ano juntos. Um ano inteiro para cada sorriso. Isso se chama pensamento mágico, Nicky. Só pelo que você sorriu no passeio de hoje, já temos pelo menos uma dúzia a mais de anos juntos. Nesse ritmo, vou chegar aos 136 anos."

Comecei a rir do meu próprio senso de humor maluco.

De repente você abriu o maior sorriso que eu já vi. E isso me fez rir tanto que só olhei para trás e sussurrei: "Nicolas, Suzana e Matt: para sempre um."

Essa é a minha oração.

Nicolas,

Já se passaram quatro longas e nervosas semanas desde que estivemos em Boston e recebi as informações sobre minha saúde. Matt está passeando de Jeep com você e eu estou sentada na cozinha com o sol entrando pela janela. Está muito bonito.

Tenho em mãos todos os laudos médicos. Estou com um problema nas válvulas cardíacas, mas existe tratamento. Não vamos substituí-las por enquanto e definitivamente não estamos pensando em transplante. Por ora, tudo será tratado com radiação.

Mas fui alertada: *não se vive para sempre. Aproveite cada momento.*

Posso sentir a manhã se desenrolando, trazendo com ela a canção, o sal e o aroma da vegetação litorânea.

Meus olhos estão fechados e o sino de vento está tocando com a brisa do mar lá fora.

"Não é uma sorte?", eu digo em voz alta, afinal.

Que eu esteja sentada aqui, olhando a paisagem deste dia lindo...

Que eu more em Martha's Vineyard, tão perto do mar que poderia jogar uma pedra na água...

Que eu seja médica e adore o que faço...

Que de alguma forma, por mais improvável que fosse, eu tenha encontrado Matthew Harrison e nós tenhamos nos apaixonado...

Que nós tenhamos um menininho esperto com lindos olhos azuis, um sorriso maravilhoso e um cheirinho de bebê que eu simplesmente adoro.

Não é uma sorte, Nicky? Não é simplesmente muita sorte?

É o que eu acho, pelo menos.

Essa é outra das minhas orações.

Nicolas,

Você está crescendo e isso é maravilhoso de se ver. Eu *saboreio* cada instante. Espero que todos os outros papais e mamães do mundo se lembrem de aproveitar esses momentos e tenham tempo para isso.

Você adora andar de bicicleta com a mamãe. Tem seu próprio capacetinho e um assento que o deixa seguro e confortável na minha garupa. Pego uma fita e amarro uma mamadeira com água à sua cadeirinha e saímos para passear.

Você adora cantar e olhar para todas as pessoas e paisagens em Vineyard. É divertido para a mamãe também.

Você tem muitos cachinhos loiros. Sei que se cortá-los eles nunca mais voltarão – e você será um menininho e não mais um bebê. Adoro ver você crescer, mas ao mesmo tempo não gosto de sentir que este período passa tão rápido. É difícil explicar. Não sei como dizer. Mas há algo de muito precioso em se observar um filho dia após dia. Quero me agarrar a cada momento, cada sorriso, cada abraço e beijo. Imagino que isso tenha a ver com *amar* que você precise de mim e *ter necessidade* de *lhe* dar meu amor.

Quero reviver isso tudo de novo e de novo.

Cada um dos instantes que se passaram desde que você nasceu.

Eu disse que seria uma ótima mãe.

Ultimamente, todos os dias têm sido muito completos para mim.

Todas as manhãs, sem falta, Matt se vira para mim quando acordamos, me beija e sussurra em meu ouvido: “Temos o hoje, Suzana. Vamos levantar e ver nosso menino.”

Mas hoje está sendo um dia diferente para mim. Não sei dizer por que, mas minha intuição me diz que alguma coisa está acontecendo. Não sei se gosto disso. Ainda não tenho certeza.

Continuei não me sentindo muito bem depois que o papai saiu para o trabalho e eu lhe dei sua comida e arrumei você. É uma sensação esquisita. Nada muito ruim, mas também não muito bom. Estou meio zonza e mais cansada do que o normal.

Tão cansada, na verdade, que precisei me deitar.

Devo ter caído no sono depois que pus você no berço, porque, quando abri meus olhos de novo, os sinos da igreja da cidade estavam tocando.

Já era meio-dia. Metade do dia tinha se passado.

Foi quando decidi descobrir o que estava acontecendo.

E agora eu sei.

Nicolas,

Depois que o papai colocou você para dormir hoje, nós nos sentamos na varanda e ficamos vendo o sol se pôr no mar num esplendor de laranja e vermelho. Matt ficou acariciando suavemente meus braços e minhas pernas. Adoro esse toque mais do que qualquer outra coisa no mundo. Eu podia ficar assim por horas. E às vezes fico mesmo.

Ele tem andado muito empolgado com suas poesias. O grande sonho dele é ver uma coletânea delas publicada e agora há pessoas mostrando interesse nisso. Adoro o entusiasmo na voz dele e por isso o deixei falar sobre seu trabalho sem interrompê-lo.

Só depois, quando ele havia me contado todas as suas novidades, eu disse afinal: “Matthew, aconteceu uma coisa hoje.”

Ele se virou no sofá e se endireitou. Estava com o olhar cheio de preocupação e a testa franzida.

“Ah, não, desculpe”, eu disse, para acalmá-lo. “Aconteceu uma coisa boa hoje.”

Pude sentir Matt relaxar e perceber isso também em seu rosto:

“Então o que aconteceu hoje, Suzana? Fale sobre o seu dia.”

O legal é que o seu papai sempre quer ouvir o que tenho a dizer. Ele escuta e até faz perguntas. Alguns homens não fazem isso.

"Bem, às quartas-feiras eu não vou trabalhar a menos que haja uma emergência. Como não houve nenhuma hoje, graças a Deus, fiquei em casa com o Nick."

Matt deitou a cabeça no meu colo e me deixou acariciar seus espessos cabelos cor de areia. Ele gosta disso quase tanto quanto eu gosto do carinho dele.

"Isso parece muito legal. Talvez eu comece a tirar as quartas-feiras de folga também", ele brincou.

"Não é uma sorte poder passar as quartas-feiras com o Nicky?"

Matt puxou meu rosto para perto do dele e me deu um beijo. Não sei quanto tempo esta nossa incrível lua de mel irá durar, mas eu a adoro e não quero que termine. Matthew é o melhor amigo que eu poderia querer. Qualquer mulher teria muita sorte de estar com ele. E se algum dia, quem sabe, isso acontecer, se você ganhar outra mamãe, tenho certeza de que Matt a escolheria muito bem.

"Foi isso que aconteceu? Você e Nick tiveram um ótimo dia juntos?", perguntou ele.

Olhei no fundo dos olhos de Matt.

"Eu estou grávida."

E então Matt fez a coisa certa: me deu um beijo suave e sussurrou:

"Eu te amo, Suzana. Vamos tomar cuidado para dar tudo certo."

"Está bem", sussurrei. "Vou tomar muito cuidado."

Nicolas,

Não sei por que, mas a vida normalmente é mais complicada do que a gente planeja. Fui ao meu cardiologista de Vineyard, contei a ele sobre a gravidez e fiz alguns exames. Então, por recomendação dele, fui a Boston conversar com a Dra. Davis.

No dia da consulta, fui para o trabalho, fiquei lá por algumas horas e depois, à tarde, dirigi até Boston. Eu não havia contado ao Matt sobre o check-up. Achei que ele poderia ficar preocupado. Mas prometi a mim mesma que conversaria com ele assim que voltasse.

A luz da varanda estava acesa quando parei o carro na frente da garagem por volta das sete horas daquela noite. Eu havia me atrasado. Matt já estava em casa e a vovó Jean tinha ido embora.

Senti um cheiro delicioso de comida caseira: frango, batata assada e molho de carne aquecendo a casa inteira. *Ah, ele fez o jantar,* pensei.

"Cadê o Nicky?", perguntei, entrando na cozinha.

"Na cama. Ele estava exausto. Parece que vocês dois tiveram um longo dia hoje, querida. Você está se cuidando direito?"

"Estou", respondi, dando-lhe um beijo. "Na verdade só atendi dois pacientes hoje. Fui a Boston me consultar com a Dra. Davis."

Matt parou de mexer o molho. Ele me encarou sem dizer nada. Pareceu tão magoado que eu não pude suportar.

"Eu devia ter contado, Matthew, mas não queria aborrecer você. Eu *sabia* que você ficaria preocupado e não queria que isso acontecesse. Sabia que você insistiria em ir a Boston comigo."

Foi uma frase nervosa e sem pausa, uma tentativa de me explicar. O que eu havia feito não era certo, mas não era errado também. Matt resolveu deixar por isso mesmo.

"E?", disse ele. "O que a Dra. Davis disse?"

Minha mente retornou ao consultório de Gail Davis, de volta à maca em que fiquei sentada imóvel, em meio a uma névoa de emoções: *O que ela disse? O que ela disse?*

"Bem, eu contei sobre o bebê."

"Certo."

"E ela ficou... ela ficou muito preocupada. Gail não gostou da notícia."

As palavras seguintes ficaram presas na minha garganta, quase me deixando sem ar. Eu quase não conseguia falar. Meus olhos se encheram de lágrimas e comecei a tremer.

"Ela disse que uma gravidez é um risco muito grande. Disse que não devo ter este bebê."

Agora os olhos de Matt também estavam cheios de lágrimas. Ele respirou fundo e então falou, rompendo o silêncio entre nós.

"Suzana, eu concordo com ela. Não suportaria perder você."

Agora eu estava chorando, soluçando e tremendo muito.

"Não desista deste bebê, Matt."

Olhei para ele esperando alguma palavra de conforto. Mas ele continuou quieto. Finalmente, sacudiu a cabeça:

"Sinto muito, Suzana."

Saí de casa correndo, desorientada. Fui em direção à praia, pela relva alta que brotava da areia. Precisava respirar ar fresco, fugir, ficar sozinha. Estava abalada, ofegante, cansada. Havia um rugido enorme na minha cabeça, e não era o barulho do mar.

Deitei na areia e chorei. Estava me sentindo terrível, triste, inconsolável pelo bebê dentro de mim. Pensei em Matt e em você. Será que eu estaria sendo egoísta, teimosa, boba? Eu era médica. Conhecia os riscos.

Esse bebê era um presente precioso e inesperado. Eu não podia desistir dele. Passei os braços em volta do corpo e fiquei me balançando, equilibrando aquele sentimento pelo que pareceram horas. Conversei com o bebezinho que crescia dentro de mim. Então olhei para a lua cheia e soube que estava na hora de voltar para casa.

Matt esperava por mim na cozinha. Pude vê-lo sob a luz suave e amarelada enquanto voltava da praia. Comecei a chorar de novo.

Então fiz uma coisa estranha, bati à porta e me ajoelhei, nem sei por quê. Talvez porque eu estivesse exausta. Talvez por outro motivo, algo mais importante, que eu ainda não conhecia.

Correr para a praia tinha sido minha reação ao sofrimento, mas uma atitude egoísta também. Eu não devia ter fugido e deixado você e Matt sozinhos.

"Me perdoe por ter saído correndo daquele jeito", pedi quando Matt abriu a porta. "Por ter fugido de você. Eu devia ter ficado e conversado."

"Você sabe muito bem que não há o que perdoar, Suzana", sussurrou ele acariciando suavemente meus cabelos.

Matt me levantou e me deu um abraço. Fui inundada por um sentimento de alívio enquanto ouvia seu coração bater forte. Ele apoiou o queixo em minha cabeça e deixei o calor dele tomar conta do meu corpo.

"É que não quero tirar este bebê, Matt. Isso é tão terrível assim?"

"Não, Suzana, não é. Terrível é a possibilidade de perder você. Eu não suportaria isso. Não conseguiria viver sem você. Eu te amo muito. Amo você e o Nicky."

Ah, Nicky,

Às vezes a vida pode ser implacável. Aprenda isso, meu menino.

Eu tinha acabado de voltar para casa depois de passar algumas horas no consultório. Apenas rotina, nada de mais, nada estressante. Na verdade, eu estava me sentindo muito alegre.

Voltei ao chalé para dar uma cochilada antes de atender mais um paciente à tarde. Você tinha ido passar o dia na casa da vovó. Matt tinha ido trabalhar.

Eu ia dar uma relaxada, tirar uma bela e revigorante soneca. Tinha uma consulta marcada com Connie no dia seguinte... *sobre o bebê.*

Caí na cama, sentindo-me zonza de repente. Meu coração acelerou um pouco. Estranho. A cabeça começou a doer do nada. Às vezes tenho dores de cabeça quando o clima muda de repente, então achei que fosse isso o que estivesse acontecendo.

Fiquei pensando se deveria esperar até o dia seguinte para conversar com Connie. Talvez eu estivesse me sentindo melhor dali a uma hora ou quando a chuva finalmente começasse a cair.

Então imaginei que a preocupação quanto à minha saúde já estivesse começando a me deixar neurótica.

Calma, Suzana, disse a mim mesma. *Deite-se, feche os olhos e diga ao seu corpo para relaxar.*

Os olhos, a boca, o peito, a barriga, os braços, as pernas, os pés, os dedos.

Vá para debaixo do cobertor e relaxe.

Você só precisa de uma hora, uma pausa. Vai estar se sentindo melhor quando acordar.

Apenas durma, durma, durma...

"Suzana, está tudo bem?"

O sussurro de Matt fez eu me virar na direção dele. Ainda não estava me sentindo muito bem. Ele se aproximou mais, parecendo preocupado.

"Suzana, você consegue falar, meu amor?"

"Tenho uma consulta com a Connie amanhã", eu disse, afinal.

Foi estranho. Precisei de todas as minhas forças apenas para articular essas poucas palavras.

"Você vai ter uma consulta com a Connie agora mesmo", disse Matt.

Quando chegamos ao consultório, bastou ela olhar para mim para dizer: "Com todo o respeito, mas você já teve dias melhores, Suzana."

Ela aferiu minha pressão, colheu sangue e uma amostra de urina, depois fez um eletrocardiograma. Passei por todos os exames atordoada. Estava me sentindo oca por dentro e bastante preocupada.

Depois de me examinar, Connie se sentou com Matt e eu. Ela não parecia feliz.

"Sua pressão está alta, mas ainda vai levar um dia ou mais para recebermos o resultado dos seus exames de sangue. Vou pedir urgência. De certa forma, as coisas estão estáveis, mas não me agrada o jeito como você estava se sentindo. Ou a sua aparência. Estou pensando em interná-la e concordo com a Dra. Davis sobre o aborto. É claro que a decisão é sua, mas você está correndo um grande risco."

"Pelo amor de Deus, Connie", eu disse. "Só não parei de trabalhar completamente, mas estou fazendo todo o resto direitinho. Estou sendo muito disciplinada e cuidadosa."

"Então pare de trabalhar completamente", sentenciou ela, sem pestanejar. "É sério, Suzana. Não estou gostando do que está acontecendo com você. Se for para casa e fizer repouso *absoluto*, então teremos uma chance. Do contrário, vou ter de interná-la."

Sabia que Connie estava falando sério. Ela sempre falava.

"Estou indo para casa", murmurei. "Não vou desistir deste bebê."

Querido Nicolas,

Desculpe, querido. Já faz um mês desde que escrevi pela última vez. Você vem me ocupando bastante e também ando cansada. Vou tentar compensar.

Aos 11 meses de idade, suas palavras preferidas são *papai, mamãe, uau, olha, barco, bola, água (aua), carro* e *luz* – esta é a campeã. Você é louco por luzes. Olha para elas e diz "uz".

Você parece um brinquedo de corda ultimamente. A gente o solta e vai embora.

Eu estava no meio do meu rap "Seja um bom menino" quando o telefone tocou. Era a enfermeira de Connie Cotter, que me pediu para aguardar enquanto transferia a ligação.

Uma eternidade pareceu transcorrer antes que Connie atendesse. Enquanto isso, você se aproximou e tentou pegar o telefone da minha mão. "Ah, você quer conversar com a Dra. Cotter?", brinquei.

"Suzana?", disse Connie.

"Oi, estou aqui. Em casa e descansando."

"Suzana... recebemos o resultado do seu último exame de sangue..."

Ah, aquela terrível pausa que os médicos fazem em busca das palavras mais adequadas. Eu a conheço muito bem.

"E... eu não gostei. Você está entrando na zona de perigo. Quero internar você imediatamente e colocá-la no soro. Vou lhe mostrar os resultados dos exames. Em quanto tempo você acha que consegue chegar aqui?"

As palavras rugiram na minha cabeça como uma tempestade, levando todas as minhas forças. Fiquei arrasada. Precisei me sentar imediatamente. Ainda com o telefone na orelha, coloquei a cabeça entre as pernas.

"Não sei, Connie. Estou com o Nicky. Matt está no trabalho..."

"Nada disso, Suzana. Você pode estar em perigo, querida. Se não ligar para Jean, eu mesma ligo."

"Não, não. Eu ligo. Vou ligar agora mesmo."

Desliguei o telefone e você se agarrou à minha mão com força. Soube exatamente o que fazer. Deve ter aprendido com seu papai.

Lembro de ter posto você no berço para dormir e puxado a cordinha da caixa de música. Começou a tocar "Whistle a Happy Tune". *É tão linda...* mesmo com todo o meu nervosismo.

Lembro-me de ter acendido a sua luz noturna e fechado as cortinas.

Lembro-me de estar descendo a escada para ligar para a vovó Jean e para o Matt.

E é só disso que me lembro.

Matt me encontrou no chão ao pé da escada, mole como uma boneca de pano. Estava com um corte profundo ao lado do nariz. Teria rolado por todos os degraus? Ele ligou para a vovó Jean e me levou às pressas para o pronto-socorro.

De lá, fui transferida para a unidade de terapia intensiva. Despertei com o som das pessoas em intensa atividade ao redor da minha cama. *Matt não estava em lugar algum.*

Gritei por Matt e ele e Connie chegaram ao meu lado em segundos.

"Você levou um tombo feio, Suzana", Matt foi explicando. "Desmaiou enquanto descia a escada."

"O bebê está bem? Connie, e o meu bebê?"

"Ainda ouvimos batimentos cardíacos, Suzana, mas a situação não é boa. A *sua* pressão está altíssima, as suas proteínas estão disparando e..."

Ela fez uma pausa longa o bastante para eu saber que havia outro grande *e*.

"E o quê?", perguntei.

"Você está com toxemia. Deve ser por isso que desmaiou."

É claro que eu sabia o que isso significava. Meu organismo não estava conseguindo filtrar toxinas e elas estavam circulando pelo sangue, envenenando a mim mesma e ao bebê. Eu nunca tinha ouvido falar que isso poderia acontecer num estágio tão inicial da gravidez, mas Connie não se enganaria.

Eu ouvia a explicação de Connie como sons desarticulados. Não conseguia montar as frases na minha cabeça. Parecia que alguma parte do meu cérebro não estava funcionando. Imaginei que podia até sentir o sangue intoxicado circular dentro de mim, como se eu fosse uma represa prestes a romper.

Então ouvi alguém mandando Matt sair do quarto e uma equipe de emergência entrando. De repente, havia médicos e enfermeiras ao meu redor. Colocaram uma máscara de oxigênio sobre meu nariz e minha boca.

Eu sabia o que estava acontecendo comigo:

Meus rins estavam falhando.

Minha pressão estava caindo.

Meu fígado não conseguia dar conta do veneno que circulava no sangue.

Eu estava entrando em convulsão.

Injetaram soro com medicação na minha veia para parar as convulsões, mas então começou uma hemorragia.

Eu sabia que estava apagando. Sabia muito mais do que gostaria de saber. Estava assustada, flutuando para fora do corpo e caindo num túnel escuro com paredes que pareciam se estreitar, arrancando o ar de mim.

Eu estava morrendo.

Matt ficou ao lado da minha cama dia e noite. Não me deixou sozinha um minuto e fiquei preocupada com ele. Nunca o amei tanto. Ele é o melhor marido, o melhor amigo que uma mulher poderia ter.

Connie vinha me ver constantemente, três ou quatro vezes por dia. Ela é uma médica muito dedicada e uma grande amiga.

Eu a ouvia e ouvia o papai, só não conseguia responder a nenhum deles. Não sabia bem por quê.

Pelo que consegui deduzir das conversas deles, sabia que havia perdido o bebê. Se eu pudesse chorar, teria chorado por toda a eternidade. Se pudesse gritar, teria gritado. Como não conseguia fazer nem uma coisa nem outra, sofri no mais terrível silêncio do mundo. A tristeza ficou presa dentro de mim e eu precisava botá-la para fora.

A vovó Jean também ficou comigo por longos períodos. Assim como meus amigos e médicos de Vineyard e até mesmo de Boston. Melanie Bone e o marido, Bill, me visitaram todos os dias. Até mesmo Matt Wolfe veio me ver e sussurrou palavras gentis.

Escutava fragmentos do que as pessoas ao meu redor diziam.

"Se não for problema, quero trazer o Nicky aqui hoje à tarde", papai disse a Connie. "Ele está com saudade da mãe. Acho que é importante que a veja." E então Matt completou: "Nem que seja pela última vez. Acho que eu devia chamar o monsenhor Dwyer."

Matt trouxe você ao meu quarto de hospital, Nicolas. E então você e o papai ficaram sentados ao lado da minha cama a tarde toda, contando histórias, segurando a minha mão e despedindo-se.

Ouvia a voz de Matt falhando e ficava preocupada com ele. O pai dele já morreu há muito tempo, Matt tinha apenas 8 anos, mas ele nunca superou a perda. Ele nem fala sobre o pai. Tem muito medo de perder alguém de novo. E agora era a mim que ele estava prestes a perder.

Eu ficava apenas esperando ali – ou pelo menos eu acreditava estar ali. Que outra explicação poderia haver?

Como eu poderia ter ouvido seu riso, Nicky? Ou você dizendo "mama" para mim na escuridão do meu sono?

Mas eu ouvi.

A sua vozinha doce penetrou no meu abismo e me encontrou no lugar escuro e profundo em que estava presa. Foi como se você e o papai estivessem me acordando de um sonho estranho, como se suas vozes fossem um farol a me guiar.

Esforcei-me para subir, para voltar, para alcançar o som das suas vozes... para cima, para cima, para cima.

Eu precisava ver você e o papai mais uma vez...

Precisava falar com vocês mais uma vez...

Então senti um túnel escuro fechando-se atrás de mim e achei que talvez tivesse encontrado a saída daquele lugar solitário. Tudo estava ficando mais iluminado. Já não havia escuridão ao meu redor, apenas raios cálidos e talvez a luz acolhedora de Martha's Vineyard.

Eu estava no céu antes? Tinha chegado ao céu agora? Qual era a explicação para o que estava sentindo?

E aí o inesperado aconteceu.

Eu *abri* os olhos.

"Oi, Suzana", Matt sussurrou. "Graças a Deus você voltou para nós."

Katie

Havia um limite de leitura do diário que Katie conseguia suportar por vez. Matt a alertara sobre isso no bilhete: *algumas partes provavelmente serão difíceis de suportar.* Agora Katie sabia que não era apenas difícil, mas avassalador.

Estava passando por um momento em que começava a duvidar que houvesse finais felizes na vida real, mas *havia.*

Existiam casais normais e equilibrados, como seus amigos Lynn e Phil Brown – que moravam em Westport, Connecticut, numa pequena chácara muito charmosa com seus quatro filhos, dois cachorros e um coelho –, que, até onde ela e seus colegas soubessem, continuavam apaixonados.

No dia seguinte, Katie ligou para Lynn Brown e se ofereceu para cuidar das crianças naquela noite, uma oferta imperdível. Ela *precisava* passar um tempo com os Brown. Precisava do calor e do conforto de ter uma família por perto.

Lynn desconfiou imediatamente.

– Katie, o que houve? O que está acontecendo?

– Nada. Só estou com saudade de vocês. Pense nisso como um presente de pré-aniversário de casamento para você e Phil. A cavalo dado não se olham os dentes. Já estou na estação Grand Central, a caminho daí.

Ela pegou o trem para Westport e chegou à casa de Lynn e Phil às sete. Pelo menos não tinha precisado ficar até tarde no escritório.

As crianças – Ashby, Tory, Kelsey e Roscoe – tinham, na ordem, 8, 5, 3 e 1 ano. Eles adoravam Katie, achavam-na maravilhosa. Amavam sua trança comprida e o fato de ela ser tão alta.

Então Lynn e Phil saíram para seu "encontro romântico" e Katie ficou com as crianças. Na verdade, não sentia que estivesse fazendo um favor aos amigos, mas incrivelmente grata a Lynn e Phil por "aceitarem-na". Eles haviam conhecido Matt Harrison e gostado dele. Estavam a par de boa parte do que havia acontecido entre ele e Katie. Também não conseguiam entender nada. Antes Lynn achava que Katie e Matt estariam casados até o final do ano.

A noite foi ótima. Os Brown tinham uma casinha de hóspedes que Phil vivia planejando reformar. Era aonde Katie sempre ia para brincar com os quatro pequenos. Eles se divertiam brincando com ela, escondendo sua mala e suas roupas ou usando suas maquiagens. Katie tirou fotos das crianças, depois eles lavaram juntos a caminhonete de Lynn, andaram de bicicleta, assistiram a *A fuga das galinhas* e comeram pizza.

Quando Lynn e Phil chegaram em casa perto das 11 da noite, encontraram Katie e as crianças dormindo sobre almofadas e colchas espalhadas no chão da casa de hóspedes.

Na verdade, ela estava acordada e ouviu Lynn sussurrando ao marido:

– Ela é o máximo. Vai ser uma ótima mãe.

Isso fez os olhos de Katie se encherem de lágrimas e ela teve que sufocar um soluço enquanto fingia dormir.

Katie ficou na casa dos Brown até sábado, quando pegou o trem das 18h de volta a Nova York. Antes de ir embora, contou a Lynn que estava grávida. Sentia-se cansada de tanto brincar, mas também viva de novo, rejuvenescida. Enfim, estava melhor. Acreditava nos pequenos milagres de todos os dias. Tinha esperança. Sabia que havia finais felizes na vida real. Tinha fé na família.

Mais ou menos na metade da viagem, Katie tirou o diário de dentro da bolsa.

ELA DESCEU DO TREM de Westport na estação Grand Central, que havia sido restaurada e estava simplesmente linda. Passava um pouco das sete e meia da noite e ela precisava caminhar um pouco. Manhattan estava congestionada, principalmente de táxis ou carros com motoristas *já* tensos, buzinando na volta do fim de semana.

Ela também estava tensa. O diário fazia isso com ela.

Ainda não tinha a resposta de que precisava para tocar sua vida adiante. Não havia superado Matt. E não havia superado Suzana e Nicolas.

Estava pensando em uma coisa que havia lido no começo do diário, a lição das cinco bolas: trabalho, família, saúde, amigos e integridade. *O trabalho era uma bola de borracha, certo?*

Depois de descobrir isso, Suzana havia assumido o controle da própria vida e conseguido a tranquilidade que buscava. Ela conseguira se libertar de tudo: trabalho, estresse, pressão, prazos, discussões, multidões, brigas de trânsito.

Ter mergulhado na realidade de outra pessoa levara Katie a reavaliar o que vinha fazendo no piloto automático ao longo dos últimos nove anos. Ela havia conseguido aquele emprego aos 22 anos, logo depois de se formar pela Universidade da Carolina do Norte de Chapel Hill. Havia tido a sorte de estagiar durante dois verões numa editora em Chapel Hill, o que abrira portas importantes para ela em Manhattan.

Tinha se estabelecido em Nova York cheia de planos e havia muitas coisas que adorava na cidade. Ainda assim, nunca se sentia em casa, nunca se convencia de que era aquele o lugar em que deveria estar. Às vezes, ainda se via como uma turista na cidade. Uma turista alta e desajeitada.

Agora imaginava que talvez soubesse o porquê disso. Sua vida estava desequilibrada havia muito tempo. Ela passara muitas madrugadas no trabalho ou em casa, lendo e editando manuscritos, tentando deixá-los da melhor forma possível. Era um trabalho recompensador, mas *o trabalho era uma bola de borracha.*

Família, saúde, amigos e integridade eram as bolas de vidro preciosas.

O bebê que estava dentro dela certamente era uma bola de vidro.

NA MANHÃ SEGUINTE, perto das 11 horas, pegou um táxi com duas de suas melhores amigas, Susan Kingsolver e Laurie Raleigh. Estavam a caminho de seu ginecologista, o Dr. Albert K. Sassoon, na Rua 78 Leste.

Susan e Laurie foram com ela para dar apoio moral. Sabiam da gravidez e insistiram em ir junto. Cada uma segurava uma das mãos de Katie.

– Você está bem, querida? – Susan perguntou. Ela trabalhava como professora do ensino fundamental no Lower East Side. Haviam se conhecido quando Katie passara uns dias numa casa de veraneio nos Hamptons. Tornaram-se amigas desde então. Katie tinha sido madrinha de casamento de Susan e depois de Laurie.

– Estou. Claro que sim. Só não consigo acreditar nas coisas que aconteceram nos últimos dias ou que eu esteja indo ao Sassoon agora.

Deus, por favor, me ajude. Por favor, me dê forças.

Quando desceu do táxi, Katie se descobriu encarando inexpressivamente pedestres e fachadas de prédios conhecidos na Rua 78 Leste. O que diria ao Dr. Sassoon? Quando Katie estivera ali no último check-up anual, Albert ficara feliz ao saber que ela estava namorando. E agora *isto.*

Tudo era um borrão para ela, embora Susan e Laurie estivessem fazendo todos os esforços para animá-la.

– O que quer que você decida – Laurie sussurrou quando Katie foi chamada para o consultório do Dr. Sassoon –, vai dar tudo certo. Você é maravilhosa.

O que quer que eu decida. Meu Deus, simplesmente não consigo acreditar que isso esteja acontecendo.

Albert Sassoon a recebeu com um sorriso e isso fez Katie pensar em Suzana e seu jeito gentil de tratar os pacientes.

– E então? – disse o Dr. Sassoon quando Katie se acomodou.

– Então. Eu estava tão apaixonada que parei de usar o anticoncepcional. E engravidei – disse Katie, dando uma risada.

Então começou a chorar e Albert se aproximou dela e apoiou sua cabeça no peito dele.

– Está tudo bem, Katie. Está tudo bem. Está tudo bem.

– Acho que sei o que vou fazer – Katie finalmente conseguiu dizer entre um soluço e outro. – Acho... que vou... ter... o bebê.

– Isso é ótimo, Katie – disse o Dr. Sassoon, dando tapinhas gentis nas costas dela. – Você vai ser uma mãe maravilhosa. Vai ter um filho lindo.

O Diário

Nicolas,

Hoje voltei do hospital. É maravilhoso estar em casa. Nossa, sou a mulher mais sortuda do mundo.

Fico vendo todos esses cômodos tão familiares, seu quartinho perfeito, a forma como a luz da manhã se derrama pelas janelas e ilumina tudo no caminho. Como é emocionante estar de volta aqui.

A vida é um grande milagre, uma série de pequenos milagres a cada dia. A gente só precisa aprender a olhar para ela sob a perspectiva correta.

Adoro o nosso chalezinho na Beach Road mais do que nunca, Nicky. Gosto dele cada vez mais, de cada frestinha e rachadura.

Matt preparou um almoço delicioso para nós. Ele é um cozinheiro muito bom, tão hábil com uma espátula e uma frigideira quanto é com pregos e martelo. Ele colocou uma manta xadrez vermelha e branca no solário e nós fizemos um piquenique lá. Salada *niçoise*, pão integral, chá gelado. Maravilha. Depois do almoço, nós três ficamos sentados lá, ele segurando a minha mão e eu segurando a sua.

Nicolas, Suzana e Matt.

A felicidade é simples assim.

Nick, seu malandrinho,

Cada momento com você me surpreende e me enche de alegria.

Ontem, dia 1º de julho, levei você para entrar no mar pela primeira vez. Você simplesmente adorou. A água estava ótima, com ondas bem pequenas, ideais para o seu tamanho. E a praia em si estava ainda melhor, sua caixa de areia particular.

Você era todo sorrisos.

E eu também, é claro.

Quando chegamos em casa, por acaso mostrei a você uma foto de nossa vizinha Bailey Mae Bone, que tem 2 anos. Você começou a sorrir e então *jogou um beijinho*. Você vai se dar muito bem com as meninas. Mas seja legal, como seu papai.

Você tem bom gosto. Adora olhar para coisas bonitas: as árvores, o mar e... fontes de luz, é claro. Você também gosta de batucar nas teclas do nosso piano, o que é uma graça.

E você adora *limpar*. Sai empurrando um aspirador de pó de brinquedo pela casa e passa toalhas de papel por qualquer manchinha que encontre. Talvez eu possa tirar vantagem disso quando você for um pouco mais velho.

Enfim, você é uma grande alegria. Cada sorriso seu, cada risada, cada chorinho de dengo ficam guardados no meu coração.

"*Acorde, linda. Eu amo você ainda mais hoje do que amava ontem.*"

É assim que Matt me acorda todas as manhãs desde que voltei do hospital. Mesmo que eu ainda esteja com sono, não me importo de ser despertada quando é por sua voz tranquila me dizendo essas palavras doces.

Com algumas semanas em casa, senti que ia recuperando as forças. Comecei a fazer longas caminhadas na praia em frente ao chalé. Até atendi alguns pacientes. Fiz mais exercícios do que durante toda a minha vida.

Outras semanas se passaram e me fortaleci ainda mais. Fiquei orgulhosa de mim mesma.

Numa manhã, acordei com Matt de pé ao lado da cama com você no colo e um sorriso nos lábios. Na verdade, vocês dois estavam sorrindo. Logo farejei uma conspiração.

"Agora é oficial! O fim de semana prolongado da família Harrison começou. Acorde, linda. Eu te amo! Mas já estamos atrasados para o dia de hoje."

"O quê?", perguntei, olhando pela janela do quarto. Ainda estava escuro lá fora.

Você finalmente olhou para seu pai como se ele tivesse ficado completamente maluco.

"Pode descer, filhote", disse Matt, botando você em cima da cama, ao meu lado. Então olhou para mim e anunciou: "Faça as suas malas. Nós vamos viajar. Leve tudo o que precisar para três dias de glória, Suzana."

Eu estava apoiada nos cotovelos, encarando Matt com curiosidade.

"Três dias de glória onde?"

"Fiz uma reserva para nós no Hob Knob Inn, em Edgartown. Tem camas *king size*, café da manhã colonial e chá da tarde. Você não vai precisar levantar um dedo, lavar um prato ou atender um telefonema, Suzana. O que acha?"

Achei maravilhoso. Exatamente o que eu precisava.

Esta é uma história de amor, Nicolas, *minha, sua e do papai!* Ela conta como a vida pode ser boa quando se está com a pessoa certa. Fala de como é necessário aproveitar cada instante com essa pessoa especial. *Cada milésimo de segundo.*

Nossos três dias de aventura começaram no carrossel Flying Horses, onde montamos cavalos encantados e circundamos as altas colinas de Oak Bluffs. Lá estávamos nós, montando os pôneis sob aquele belo teto colorido, como nos velhos tempos. Que barato!

Fomos a praias a que não íamos há muito tempo: Lucy Vincent, na South Road, Quansoo e Hancock, praias particulares nas quais Matt, de alguma forma, conseguiu autorização para entrarmos.

Caminhamos de mãos dadas pela praia Lighthouse e pela Lobsterville – além da minha preferida: a Bend in the Road.

Como foi revigorante estar naquelas praias de novo com o papai e com você. Ainda consigo visualizá-las e nos ver passeando por elas.

Andamos de carroça na fazenda Scrubby Neck e você não parou de rir. Deu cenouras aos cavalos e riu tanto que fiquei com medo de que fosse passar mal. Estava encantado pelas crinas dos cavalos.

Nós comemos em todos os melhores restaurantes da região também. O Red Cat, o Sweet Life Café, o L'Etoile.

Você parecia um rapazinho sentado em seu cadeirão, tão crescido, sorrindo à luz de velas.

Assistimos a *Rumpelstiltskin* no anfiteatro Tisbury e fomos a uma contação de histórias no teatro Vineyard. Você se comportou muito bem.

Perto de onde estávamos hospedados havia uma loja de artesanato chamada Splatter, onde nós mesmos fizemos nossas xícaras e pires. Você usou azuis fortes e amarelos bem clarinhos para decorar seu prato com manchas que deduzimos que representavam o papai, você e eu.

E então chegou a hora de voltarmos para casa.

Nicky,

Você se lembra de alguma coisa disso?

Quando viramos a última curva na volta para casa, vimos carros estacionados de todas as maneiras ao longo da Beach Road. Muitos outros automóveis, utilitários e caminhões seguiam até nossa entrada de carros, mas o estranho foi que *a entrada não estava mais lá.*

No lugar dela havia um anexo. A nova entrada ficava do outro lado, exatamente como seu papai havia prometido.

"O que é tudo isto?", perguntei a Matt, surpresa.

"Uma pequena reforma, Suzana. Ou o humilde começo de uma reforma. É seu novo consultório. E tem tudo que o antigo não tinha. Agora você não precisa sair tantas vezes de casa para atender. Ou *nem* precisa sair. Está tudo bem aqui, no nosso quintal. E tem até vista para o mar."

Quando descemos do carro, dezenas dos nossos amigos e colegas de trabalho de Matt estavam no gramado para nos receber com aplausos. Você começou a bater palmas também, Nicky.

"Suzana! Matt!", nossos amigos cantavam no ritmo das palmas.

Eu estava boquiaberta, muda, boba. Eles haviam passado os últimos três dias trabalhando para criar aquele espaço inacreditável.

"Ainda preciso fazer a parte elétrica e a hidráulica", Matt disse em tom de desculpas.

"Isto é demais", eu disse, dando-lhe um abraço apertado.

"Não", ele sussurrou em resposta. "Não é nem o suficiente, Suzana. Só estou muito feliz de ter você em casa."

Nicolas, meu doce Nicolas,

Tudo parece estar entrando nos eixos de novo. O tempo realmente passa voando. Amanhã você faz 1 ano! Não é o máximo? *Puxa!*

O que eu posso dizer além de que é uma bênção acompanhar seu crescimento, ver seu primeiro dente nascer, estar por perto enquanto você começa a andar, a ensaiar as primeiras palavras, a construir pedaços de frases e desenvolver sua personalidade?

Esta manhã você descobriu as botas de trabalho que o papai guarda na parte de baixo do closet. Quando saiu lá de dentro, você estava calçado com elas e morrendo de rir. Daí eu caí na gargalhada e o papai entrou e começou a rir também.

Nicolas, Suzana e Matt! Que trio.

Nós vamos comemorar seu aniversário amanhã mesmo. Já providenciei seus presentes. Um deles é um quadro com fotos das nossas férias. Escolhi as duas melhores e mandei emoldurar.

Não vou dizer qual é a minha preferida. Vai ser surpresa. Mas vou dizer que ela estará na moldura prateada que tem luas, estrelas e anjos. É a sua cara.

Está quase na hora de cantar "Parabéns para você"!

Nicolas,

Já passa da meia-noite, então é *oficialmente seu aniversário. Viva! Parabéns!* O papai e eu estamos bancando os babões. Não conseguimos resistir: demos as mãos e entramos de mansinho no seu quarto. Ficamos observando você dormir e jogando-lhe beijinhos. (Você também já sabe fazer isso, é um menino muito esperto.)

O papai levou um dos seus presentes: um Corvette conversível vermelho, que ele pôs com cuidado ao pé do seu berço. Vocês dois são loucos por carros. Deve ser coisa de menino, essa paixão por velocidade.

Matthew e eu nos abraçamos enquanto olhávamos você dormir – o que é um dos maiores prazeres do mundo. *Não perca a chance de velar o sono de seus filhos.*

Então fiz uma travessura e puxei a cordinha da sua caixa de música, para tocar "Whistle a Happy Tune". Matt e eu dançamos ao som dela. Acho que poderíamos ter ficado ali a noite toda, abraçados, vendo você dormir, dançando a canção que sempre vai fazer com que me lembre de você no berço.

Você não acordou, mas um sorriso veio enfeitar seu rosto.

"Não é uma sorte?", sussurrei para Matt. "Isto não é a melhor coisa que poderia acontecer a uma pessoa?"

"É, sim, Suzana. É tão singelo e tão bom."

Depois o papai e eu fomos nos deitar e fizemos a segunda melhor coisa do mundo. Matt acabou caindo no sono nos meus braços – os rapazes fazem isso quando realmente gostam da gente – e eu me levantei para escrever isto para você.

Eu te amo, meu amor. A gente se vê pela manhã. Mal posso esperar.

MATTHEW

Olá, meu doce Nicolas, é o papai.

Eu já disse quanto te amo? Já disse quanto você é precioso para mim? Pronto – *agora disse.* Você é o melhor menininho do mundo, o melhor filho que alguém poderia desejar. Eu te amo muito.

Ontem de manhã aconteceu uma coisa. E é por isso que sou eu quem está escrevendo para você em vez da mamãe.

Sinto que preciso escrever. Neste momento, a única certeza em minha vida é a de que preciso botar isto para fora. Preciso falar com você.

Pais e filhos precisam conversar. Muitas pessoas têm medo de demonstrar suas emoções, mas não quero que isso aconteça entre nós. Quero poder lhe dizer o que estou sentindo sempre. Como agora.

Mas está sendo muito difícil, Nicky. A coisa mais difícil que já tive de dizer a alguém.

A mamãe estava indo buscar seu presente de aniversário, as suas lindas fotos emolduradas. Ela estava tão feliz. Linda, bronzeada e muito em forma por causa das caminhadas na praia. Lembro-me do momento em que ela saiu. Não consigo tirar essa imagem da minha cabeça.

Suzana estava com um sorriso radiante no rosto. Vestia um macacão amarelo e uma camisa branca leve. Seus cachos louros balançavam conforme ela caminhava cantarolando a *sua* música, "Whistle a Happy Tune".

Eu devia ter ido até ela, abraçado-a, dado um beijo de despedida. Mas só gritei "Te amo" e, como a mamãe estava com as mãos ocupadas, ela só me jogou um beijo.

Não paro de visualizar Suzana me jogando aquele beijo. Eu a vejo se afastando, olhando para trás e dando sua famosa piscada. Pensar nisso, naquela piscada divertida dela, me faz chorar agora, enquanto tento escrever.

Ah, Nicky, Nicky, Nicky. Como vou dizer isso? Como vou escrever isso?

Filho, a mamãe teve um infarto a caminho da cidade. O coração dela, que era tão grande e tão especial, não aguentou mais.

Não consigo aceitar que isso realmente tenha acontecido. Não entra na minha cabeça. Disseram que ela estava inconsciente quando bateu na cerca de proteção da Old Pond Bridge Road. O Jeep dela caiu e bateu de lado na água. Não fui olhar o local do acidente. É uma imagem que não preciso ter na minha cabeça. O que eu vejo já basta.

A Dra. Cotter disse que Suzana teve um infarto fulminante e morreu sem sofrer, mas quem pode garantir isso? Espero que ela não tenha sentido dor. Detesto pensar que possa ter sentido. Seria cruel demais.

Ela estava incrivelmente feliz na última vez em que a vi. Estava tão linda, Nick. Ah, meu Deus, eu só queria ver Suzana uma última vez. É pedir muito? É absurdo? Não acho que seja.

Mas é importante para mim que você saiba que não foi culpa da mamãe. Ela era uma motorista muito cuidadosa, jamais teria corrido qualquer risco. Eu sempre implicava com ela sobre seu jeito de dirigir.

Eu a amava demais e não tenho palavras para explicar como é uma sorte encontrar alguém que se possa amar tanto e que – a maior felicidade de todas – ame você com a mesma intensidade.

Ela foi a pessoa mais generosa que conheci, a mais carinhosa e solidária. Talvez o que eu mais gostasse nela fosse o fato de escutar com tanta atenção o que lhe dizíamos. E ela era divertida. Sei que faria piada de tudo isso. E talvez esteja fazendo. *Você está sorrindo agora, Suzana?* Gosto de pensar que sim. Acredito que sim.

Hoje fui ao cemitério em Abel's Hill escolher um lugar especial para mamãe. Ela só tinha 37 anos. Que coisa mais triste e inconcebível para mim e para todos os que a conheceram. Que pena, que desperdício. Às vezes eu fico com muita raiva e sinto uma vontade irracional de *quebrar tudo*. Não sei de onde isso vem.

Já é noite e estou sentado no seu quarto observando seu abajur de palhacinho formar sombras engraçadas na parede. O cavalinho de madeira que fiz para você me faz pensar no carrossel Flying Horses. Lembra quando fomos e andamos nos cavalos coloridos? *Nicolas, Suzana e Matt.*

Eu coloquei você na minha frente e você adorou mexer na crina feita de pelos de cavalo de verdade. Posso ver a mamãe andando na égua à nossa frente, a mesma em que andara na primeira vez que fui lá com ela. Suzana se vira para nós e lá está sua famosa piscada.

Ah, Nick, como eu gostaria de poder voltar o tempo até a semana passada, ou o mês passado, ou o ano passado. Pensar num amanhã é quase insuportável para mim. Como eu queria que tivesse havido um final feliz. Queria poder dizer só mais uma vez: *Não é uma sorte?*

Nick querido,

Tem uma imagem de Suzana que não para de voltar à minha mente. Ela mostra quem sua mamãe foi e o que era tão especial e único a seu respeito.

Ela está ajoelhada na minha frente na varanda uma noite. Está me pedindo perdão, embora não haja nada a ser perdoado. Na verdade, era eu quem deveria estar pedindo perdão a ela. Ela havia recebido uma notícia muito triste naquele dia, mas, no fim, só conseguia pensar em como poderia ter me magoado. Suzana sempre pensava nos outros primeiro, mas principalmente em nós dois. Meu Deus, como ela nos mimou, Nicolas.

Hoje à tarde, um telefonema inesperado me despertou de meus pensamentos e devaneios.

Era para a mamãe.

Claro que a pessoa não fazia ideia do que havia acontecido. Foi a primeira vez que estas palavras estranhas e terríveis saíram da minha boca, como chumbo: "Suzana faleceu."

Houve um longo silêncio do outro lado da linha, seguido por pedidos de desculpas e condolências nervosas. Era o dono da loja de molduras no outro lado da ilha. A mamãe nunca havia conseguido chegar lá e as fotos que ela havia mandado emoldurar para você ainda estavam na loja.

Disse ao homem que iria buscá-las. De alguma forma, faria isso. Eu me sinto desorientado. Há um vazio dentro de mim e às vezes parece que eu poderia me desfazer como uma folha de seda e ser levado pelo vento. Outras vezes, é como se houvesse uma coluna de pedra dentro do meu peito.

Antes eu não conseguia chorar, mas agora choro o tempo todo. Fico pensando que minhas lágrimas vão secar, mas não secam. Eu costumava achar que homem não chora, mas agora sei que isso não é verdade.

Fico vagando pela casa, de um cômodo para outro, tentando desesperadamente encontrar um lugar em que consiga me sentir em paz. De alguma forma, sempre acabo voltando para o seu quarto e me sentando na mesma cadeira de balanço em que a mamãe ficava conversando com você, lendo histórias ou inventando seus versos bobos.

É onde estou agora, olhando para as fotos que fui buscar hoje. Vendo nós três sentados na frente do carrossel Flying Horses numa tarde perfeita de céu azul. Você está encaixado entre nós, Nick. A mamãe está com os braços em volta de você e as pernas enroscadas nas minhas. Você está dando um beijo nela e eu estou fazendo cócegas em você. Nós três estamos rindo e a cena é simplesmente linda.

Nicolas, Suzana e Matt: para sempre um.

Está na hora de lhe contar uma história, Nick. É uma história que vou contar só para você. Fica só entre nós dois.

De homem para homem, meu companheirinho.

Na verdade, é a história mais triste que já ouvi e a mais triste que já contei. Ela me deixa com dificuldade de respirar. Faz com que eu trema como uma folha ao vento, me dá arrepios.

Muito tempo atrás, quando eu tinha apenas 8 anos, meu pai estava trabalhando e morreu de repente. Não podíamos imaginar que isso fosse acontecer, então nunca nos despedimos. A morte do meu pai me assombrou durante anos. Eu tinha muito medo de perder outra pessoa assim de novo. Acho que foi por isso que não me casei mais cedo, antes de conhecer a Suzana. Eu tinha medo, Nicky. O grande e forte papai tinha um medo terrível de perder alguém que amasse. Esse é um segredo que não havia contado a ninguém até conhecer a sua mãe. E agora contei a você.

Puxo a corda da caixinha de música no seu berço e ela começa a tocar "Whistle a Happy Tune". Adoro essa música, Nicky. Ela me faz chorar, mas não me importo. Adoro a sua música e quero escutá-la de novo.

Estendo a mão para dentro do berço e toco a sua bochechinha.

Mexo nos seus cabelos dourados, sempre tão macios e cheirosos. É uma pena que eu não tenha dado ouvidos à mamãe quando ela disse para não cortá-los.

Dou-lhe um beijinho de esquimó, tocando gentilmente meu nariz no seu. Faço isso de novo e você abre um sorriso maravilhoso. Um sorriso seu vale o mundo inteiro para mim.

Ponho os indicadores nas suas mãozinhas e deixo que os aperte. Você é muito forte, companheirinho.

Ouço a sua risada linda e ela quase me faz rir.

"Whistle a Happy Tune" continua tocando.

Ah, meu menininho querido e adorado. Ah, meu filho amado.

A música está tocando, mas você *não está* no seu berço.

Lembro-me da mamãe saindo naquela manhã. Eu gritei "Te amo" e ela me jogou um beijo. Então mexeu o nariz como sempre fazia. Você sabe como, conhece aquela expressão dela. Depois ela me deu sua famosa piscada. Ainda posso vê-la. Posso ver Suzana.

Ela estava com os braços ocupados. Estava carregando *você*, meu filho querido. Queria que você fosse o primeiro a ver as fotografias que havia mandado emoldurar. Foi por isso que o levou com ela até a cidade na manhã do seu aniversário.

Suzana o colocou no carro e o prendeu cuidadosamente na cadeirinha. Você estava no Jeep com a mamãe quando ela bateu na Old Pond Bridge Road. Vocês dois estavam juntos. Ainda não consigo suportar pensar nisso.

Eu devia estar lá, Nicolas. Eu devia estar com você e a mamãe! Talvez pudesse ter ajudado. Talvez de alguma forma tivesse conseguido salvar vocês. Pelo menos teria tentado, e isso significaria muito para mim.

Ah, meu pequeno, preciso ouvir sua risada de novo. Quero muito olhar nos seus lindos olhos azuis, encostar sua bochecha macia no meu rosto.

Ah, meu menininho querido, minha criança inocente, meu filhinho eterno. Sinto tanto a sua falta! Dói demais só de pensar que você nunca vai saber o que sinto, nunca vai ouvir quanto o papai o ama. Sinto tanta, tanta, tanta s*audade*, meu amor. Sempre vou sentir.

Mas não é uma sorte que eu o tenha conhecido, abraçado e amado durante os 12 meses que Deus permitiu que você ficasse aqui?

Não é uma sorte que eu tenha conhecido você, meu filho tão querido e amado?

Katie

KATIE ERGUEU LENTAMENTE o rosto para o teto do banheiro e fechou os olhos o mais apertado que pôde. Um gemido baixo escapou de sua garganta. Lágrimas se acumularam sob suas pálpebras e rolaram pelo rosto. Estava ofegante. Passou o braço em volta de si.

Merlin começou a ganir na porta e Katie sussurrou:

– Está tudo bem, amigão.

A dor crescia dentro dela como se ferro em brasa lhe cortasse os pulmões. *Ah, meu Deus, por que deixou uma coisa assim acontecer?*

Por fim, Katie abriu os olhos. Mal conseguia enxergar através das lágrimas. Havia um envelope preso ao diário, na última página. Dizia, simplesmente, *Katie.*

Secou as lágrimas com as duas mãos. Respirou fundo, para se acalmar. Respirou de novo. Não ajudou muito. Por fim abriu o envelope branco simples endereçado a ela.

Seus dedos tremiam enquanto ela desdobrava a carta. Estava escrita com a letra de Matt. As lágrimas voltaram a cair quando ela começou a ler.

Katie, querida Katie,

Agora você sabe o que eu não consegui contar a você durante todos esses meses. Agora conhece meus segredos. Eu quis contar praticamente desde o dia em que nos conhecemos. Venho sofrendo há muito tempo e nada me reconfortava. Por isso escondi meu passado de você. Logo de você.

Há versos de um poema sobre barcos de pesca e suas tripulações entalhados na Docks Tavern, em Vineyard: "Os barcos tão esperados/ chegam vazios ou afundam nas profundezas./ E os olhos primeiro perdem as lágrimas/ e depois o sono." Vi esses versos uma noite quando não conseguia mais chorar nem dormir. A terrível verdade deles quase me esmagou.

Matt

Foi tudo o que ele escreveu. Katie precisava de mais.

Precisava encontrar Matt.

ELA ERA FORTE. Vencera seus medos para ir morar em Nova York sozinha. Sempre tivera a coragem de fazer o que era preciso.

A primeira coisa que fez pela manhã foi pegar a ponte aérea para Boston. Do Aeroporto Logan, seguiria num carro com motorista até Woods Hole e de lá pegaria o ferry para Martha's Vineyard.

Chegou ao terminal em Woods Hole, comprou uma passagem e entrou numa balsa de dois andares chamada *Islander.*

Precisava falar com Matt. Era errado não deixar que ele soubesse de tudo. Era simplesmente errado. Ela não conseguiria viver assim. Matt precisava saber sobre o bebê.

Katie pensou em Suzana e em sua chegada a Vineyard durante os 45 minutos do trajeto de 11 quilômetros. Imaginou se Suzana também havia estado a bordo do *Islander*. Lembrou-se das últimas palavras que escrevera para Nicolas: *A gente se vê pela manhã. Mal posso esperar.*

De repente se deu conta de que não havia levado nenhum manuscrito para ler no caminho. *O trabalho é uma bola de borracha,* pensou. *É, sim.*

E ela teria perdido muita coisa se houvesse levado trabalho para fazer: os golpes ritmados das ondas contra o velho casco da balsa, a graciosa ilha de Martha's Vineyard se aproximando cada vez mais, a leve sensação de náusea toda vez que uma onda grande batia no barco.

Matt era uma bola de vidro. Ele estava arranhado, marcado, trincado, mas talvez não estivesse estilhaçado. Ou talvez estivesse.

Mas nunca saberia se não fosse atrás dele.

Com o *Islander* chegando cada vez mais perto de Vineyard, Katie não conseguia tirar os olhos do terminal. Era uma construção cinza de um andar revestida em madeira que parecia ter 100 anos. A praia ficava num dos lados dele e a cidadezinha de Oak Bluffs no outro.

Seu olhar percorreu o terminal, a praia, a cidade... à procura de Matt.

Não o encontrou em lugar algum.

OS PRÉDIOS DE OAK BLUFFS começavam do outro lado da rua em frente ao terminal do ferry. Havia vários táxis coloridos, mas, é claro, Matt não estava lá esperando por ela. Sequer sabia de sua chegada. E, se soubesse, talvez nem tivesse ido recebê-la.

Katie foi andando em direção ao ponto de táxi. De repente sentiu o coração dar um pulo. Avistara a Docks Tavern. Seria um sinal? Tinha de significar alguma coisa. Então, em vez de pegar um táxi, seguiu para o bar.

Matt estaria na Docks Tavern? Era bem provável que não, mas, de qualquer forma, tinha sido lá que ele lera os versos que mandara na carta junto com o diário.

Lá dentro estava escuro e enfumaçado, mas bastante agradável. Um velho jukebox tocava uma música de Bruce Springsteen. Havia uns 10 clientes sentados no bar e várias pessoas nas cabines desgastadas de madeira. A maioria olhou para ela quando entrou. Sabia que sua aparência não estava das melhores, que sua vida não estava das melhores.

– Venho em paz – disse, sorrindo.

No entanto, estava muito nervosa. Eram três da manhã quando decidira ir a Martha's Vineyard. Precisava ver Matt de novo. Queria abraçá-lo e ser abraçada, mesmo sabendo que talvez isso não fosse acontecer. Simplesmente precisava muito de um abraço.

Seus olhos percorreram devagar os rostos da clientela. Todos pareciam ter saído de uma cena de *Mar em fúria*. Sentiu o coração acelerar. Matt não estava ali. Bem, pelo menos isso indicava que ele não era um cliente assíduo.

Levou alguns minutos para encontrar o poema, entalhado perto de um alvo de dardos e um telefone público. Leu os versos de novo:

Os barcos tão esperados
chegam vazios ou afundam nas profundezas.
E os olhos primeiro perdem as lágrimas
e depois o sono.

– Posso ajudar? Ou o seu interesse é apenas literário?

A voz masculina a fez erguer os olhos do poema. Viu um barman de 30 e poucos anos com a barba vermelha e uma beleza rústica. Talvez fosse marinheiro também.

– Estou procurando uma pessoa. Um amigo. Acho que ele costuma vir aqui – disse ela.

– Ele tem bom gosto para bares, então. Qual é o nome dele?

Ela inspirou e tentou não deixar o nervosismo transparecer na voz.

– Matt Harrison – disse.

O barman assentiu, mas seus olhos castanho-escuros se estreitaram.

– Matt vem jantar aqui às vezes. Ele trabalha como pintor. Você é amiga dele?

– Ele também é autor de livros – disse Katie, sentindo-se um pouco na defensiva. – De poesia.

O barman deu de ombros e continuou a olhar para ela desconfiado.

– Não que eu saiba. De qualquer maneira, ele não está aqui hoje, como você pode ver – disse, finalmente sorrindo para ela. – E então, o que vai querer? Para mim você tem cara de Coca Diet.

– Não, nada, obrigada. Você sabe me dizer como chegar à casa dele? Sou editora dele. Tenho o endereço.

O barman pensou um pouco e então arrancou um pedaço de papel do bloquinho de pedidos.

– Você vai de carro? – perguntou enquanto escrevia algumas orientações.

– Pensei em pegar um táxi.

– O taxista vai saber chegar lá – disse ele, sem acrescentar mais nada. – Todo mundo aqui conhece Matt Harrison.

KATIE ENTROU NUM TÁXI AZUL-CELESTE enferrujado no terminal do ferry. Sentia-se cansada de repente.

– Gostaria de ir ao cemitério de Abel's Hill. O senhor sabe onde fica?

O taxista simplesmente arrancou com o carro em resposta. Katie imaginou que ele soubesse onde ficava tudo na ilha. Não tivera intenção de ofendê-lo.

Abel's Hill ficava a uns bons 20 minutos de distância. Era um lugar pequeno e pitoresco que parecia tão antigo e histórico como qualquer das casas pelas quais passaram no caminho até ele.

– Não vou demorar muito – disse ela ao taxista enquanto se esforçava para sair do banco traseiro. – Espere aqui, por favor.

– Eu espero, mas o taxímetro vai ficar rodando.

– Tudo bem – respondeu ela, dando de ombros. – Sou de Nova York, estou acostumada com isso.

O táxi ficou aguardando enquanto ela percorria lenta e reverentemente cada fileira de lápides dando atenção especial às mais novas.

O peito ficou apertado e uma bola se formou em sua garganta enquanto procurava pelo túmulo. Sentia-se uma intrusa.

Finalmente, encontrou. O nome estava gravado numa lápide numa colina: *Suzana Bedford Harrison.*

Sentiu o coração apertar de novo e ficou tonta. Ajoelhou-se junto ao túmulo.

– Eu precisava vir, Suzana – sussurrou ela. – A esta altura sinto como se a conhecesse. Sou Katie Wilkinson.

Passou os olhos pela inscrição na lápide. *Médica do interior, esposa muito amada de Matthew, mãe perfeita de Nicolas.*

Katie fez a oração que seu pai lhe ensinara quando ela tinha 3 ou 4 anos. Então virou-se para a lápide menor ao lado da de Suzana e prendeu a respiração.

Nicolas Harrison, um menino de verdade, filho adorado de Suzana e Matthew.

– Olá, menininho. Oi, Nicolas. Meu nome é Katie.

Então ela começou a chorar descontroladamente. Envolveu o peito com os braços e seu corpo todo começou a tremer. Eram lágrimas pelo pobre bebê Nicolas. Não podia imaginar como Matt conseguira sobreviver depois disso.

Ela o imaginou no quarto de Nicolas puxando a corda da caixinha de música do berço, tentando se lembrar de como o filho havia sido, tentando trazê-lo de volta.

Havia flores – margaridas, cravos e gladíolos – em ambos os túmulos. *Alguém esteve aqui recentemente, talvez ainda hoje.* Matt sempre lhe dera rosas. Era um bom homem, doce e gentil. Estava certa disso. Não havia feito uma escolha ruim, apenas na hora errada.

E então Katie notou outra coisa, a data que estava inscrita nas duas lápides.

18 de julho de 2002.

Sentiu um arrepio e os joelhos fraquejaram. O dia em que ela fizera o jantar para Matt em sua varanda em Nova York, quando lhe entregara o primeiro exemplar de seu livro, havia sido exatamente dois anos depois. Não era de espantar que ele tivesse fugido. Mas onde ele estaria agora?

Katie precisava vê-lo. Uma vez mais.

LEVOU MAIS 20 MINUTOS para que o velho táxi percorresse o caminho do cemitério até o antigo chalé que ela logo reconheceu como sendo o de Suzana.

Estava pintado de branco agora, com os acabamentos e as grandes portas de correr em cinza. Havia um jardim cheio de hortênsias, azaleias e lírios.

Dava para entender por que Suzana gostava tanto daquela casa. Katie gostou também. Era realmente um lar.

Saiu devagar do táxi enquanto a brisa do mar brincava com seus cabelos. Sentiu o vento suave tocar seu rosto e suas pernas. O coração estava acelerado de novo.

– Fico esperando? – perguntou o motorista.

Katie mordeu o lábio superior e descruzou os braços compridos. Olhou para o relógio: 15h28.

– Não, obrigada. Pode ir. Vou demorar um pouco.

Pagou a corrida e o taxista foi embora.

Sentiu o coração preso na garganta ao percorrer o caminho de cascalho que levava até o chalé. Passou os olhos pela propriedade. Não viu sinal de Matt. Nenhum carro. Talvez estivesse nos fundos.

Bateu à porta da frente, aguardou, se remexeu. Então usou a velha aldrava de madeira.

Ninguém atendeu.

Nossa, como era estranho estar ali.

Seu coração simplesmente não parava de bater forte.

Não percebera qualquer sinal de que houvesse alguém em casa, mas estava determinada a esperar por Matt. Quase conseguia imaginá-lo aparecendo: botas, calça jeans surrada, camisa cáqui e um sorriso caloroso.

Será que Matt sorriria quando a encontrasse ali? Ela precisava conversar com ele, pôr para fora as coisas que pesavam em seu peito. Seria a vez dela de falar. Merecia isso. Tinha segredos que precisava contar.

Esperou por um longo tempo. Então se sentou um pouco no gramado da frente, acariciando a barriga e escutando o barulho do mar. No fim, acabou atravessando a Beach Road... onde Gus, o cachorro de Suzana, havia sido atropelado por uma caminhonete vermelha.

Sentou-se na praia em que Matt e Suzana dançaram sob a luz da lua. Podia *vê-los.* E então se imaginou dançando com Matt mais uma vez. Ele não era um ótimo dançarino, mas ela adorava estar em seus braços fortes. Não queria admitir isso agora, mas era verdade. Sempre seria.

Katie imaginou que provavelmente já descobrira quase tudo o que havia para descobrir: Matt não conseguia parar de pensar em Suzana e Nicolas, não conseguia parar de sofrer. Devia acreditar que jamais superaria isso. Talvez ele não pudesse suportar a ideia de vir a perder alguém de novo. Havia perdido o pai quando era apenas um menino e, agora, a esposa e o filho de 1 ano.

Não podia culpá-lo por isso, de jeito nenhum. Não depois de ler o diário e compreender o que ele havia passado. Na verdade – e isso realmente doía – ela agora o amava ainda mais do que antes.

Katie levantou a cabeça e viu uma mulher pequena de cabelos escuros e pés descalços usando um vestido azul-claro. Caminhava na sua direção, atravessando a Beach Road. Katie não tirou os olhos dela.

Quando a mulher se aproximou, ela perguntou:

– Você é Melanie Bone, não é?

Melanie tinha um sorriso muito amistoso e simpático, exatamente como Katie havia imaginado.

– E você é a Katie. A editora de Nova York de Matthew. Ele me falou de você. Disse que você era esbelta e bonita e que tinha cabelos castanhos, quase sempre presos numa trança, mas que às vezes alguns fios ficavam soltos no rosto.

Katie teve muita vontade de perguntar a Melanie o que mais Matt dissera, mas não conseguiu.

– Você sabe onde ele está? – perguntou.

Melanie balançou a cabeça.

– Ele não está aqui. Sinto muito, Katie. Não sei onde o Matt está. Na verdade, estamos todos preocupados com ele. Tinha esperanças de que ele estivesse com você em Nova York.

– Não – disse Katie. – Eu não o tenho visto também.

Quando o fim da tarde chegou, Melanie deu uma carona a Katie de volta ao terminal do ferry em Oak Bluffs. As crianças foram no banco de trás do carro. Eram simpáticas como a mãe e gostaram imediatamente de Katie, que também as adorou.

– Não desista dele – Melanie disse quando Katie estava prestes a embarcar no *Islander.* – Ele vale a pena. Matt passou pela pior experiência que qualquer pessoa poderia ter, mas acho que vai se recuperar. Ele é uma pessoa muito boa... e muito útil em casa também. E, Katie, sei que ele ama você.

Katie assentiu com a cabeça e se despediu da família Bone com um aceno. Então foi embora de Martha's Vineyard da mesma forma como havia chegado: sozinha.

OUTRA SEMANA LONGA E RUIM SE PASSOU. Katie mergulhou ainda mais no trabalho, mas não parou de pensar em voltar para a Carolina do Norte. De uma vez por todas. Teria o bebê lá, entre as pessoas que amava e que a amavam.

Fazia pouco que tinha chegado ao escritório naquela manhã de segunda-feira quando ouviu seu nome sendo chamado. Acabara de transferir o chá do copo de papel azul do Le Croissant para a xícara de porcelana antiga que deixava em sua mesa. Seu estômago até que não estava tão mal naquela manhã. Ou então ela apenas se acostumara aos enjoos.

– Katie, você precisa vir aqui. Katie! Rápido!

Ficou um pouco irritada.

– O que foi, o que *foi*? Estou indo. Calma!

Sua assistente, Mary Jordan, estava de pé em frente a um janelão que dava para a Rua 53 Leste. Acenou para Katie se aproximar.

– *Venha logo*!

Curiosa, ela foi até a janela e olhou para a rua lá embaixo. Derramou chá quente em si mesma e, se não fosse por Mary tirá-la habilmente de sua mão, a xícara teria caído.

Katie passou por Mary e seguiu pelo corredor até o único elevador da editora. Seus joelhos tremiam e a cabeça girava. Afastava mechas de cabelos do rosto, nervosa. Não sabia o que fazer com as mãos.

O editor-chefe e proprietário da editora estava saindo do elevador:

– Katie, preciso falar... – ele começou a dizer alguma coisa, mas ela o interrompeu levantando a mão e balançando a cabeça.

– Eu já volto, Larry – disse, correndo para dentro do elevador, que logo fechou as portas.

É melhor você se recompor, ela pensou.

Não, não dá tempo. Não mesmo.

As salas da editora ficavam no último andar do prédio, mas o elevador desceu direto até o primeiro.

Katie desceu no saguão e se forçou a ficar parada lá dentro. Seus pensamentos estavam impressionantemente claros, na verdade. De repente, tudo parecia muito simples para ela.

Ela pensou em Suzana, em Nicolas e em Matt.

Pensou na lição das cinco bolas.

Então saiu do prédio para as ruas de Nova York e respirou fundo quando o sol tocou seu rosto.

Meu bom Deus, permita que eu seja forte o bastante para enfrentar o que quer que aconteça agora.

Então avistou Matthew na Rua 53.

MATT ESTAVA COM A CABEÇA levemente abaixada, ajoelhado na calçada a menos de cinco metros de Katie, bem na frente do prédio da editora. Havia sido consciente e educado o bastante para não ficar no meio do caminho das pessoas. Ela não conseguia tirar os olhos dele.

Mas é claro que *todo mundo* olhava para ele quando passava. Como poderiam resistir? Ele estava lindo: bronzeado, arrumado, com os cabelos um pouco mais longos do que de costume. Vestia calça jeans, uma camisa de algodão surrada mas limpa e botas de trabalho empoeiradas. Parecia o Matt que ela conhecia, o Matt a quem tinha amado e que agora sabia que ainda amava.

Ajoelhado na frente do prédio dela. Bem ali, diante dela.

Exatamente como Suzana havia feito naquela noite na varanda deles – para pedir perdão, embora não houvesse nada a perdoar.

Katie soube o que precisava fazer. Seguiu seus instintos, o coração.

Inspirou e então se ajoelhou diante de Matt, olhando para ele muito de perto, o mais perto que conseguiu. Seu coração estava disparado. *Tum-tum, tum-tum.*

Ela quisera tanto ver Matt mais uma vez e ali estava ele. E agora?

Os pedestres começavam a se aglomerar perto deles, alguns reclamando da perda de alguns preciosos segundos a caminho do trabalho ou aonde quer que fossem com pressa todas as manhãs.

Matt estendeu a mão. Katie hesitou, mas então deixou que ele segurasse seus dedos compridos.

Sentira falta daquele toque. Nossa, e como!

Ela havia sentido falta de muitas coisas, mas principalmente da forma como se sentia em paz quando ele estava ao seu lado.

Por mais estranho que fosse, começou a se acalmar. O que isso queria dizer? O que deveria acontecer a seguir?

Por que ele estava ali? Para pedir desculpas ou se explicar pessoalmente? Para quê?

Matt por fim ergueu a cabeça e olhou para ela. Katie sentira saudade daqueles calmos olhos castanhos, ainda mais do que imaginara. Sentira falta do rosto forte, da sobrancelha franzida, dos lábios perfeitos dele.

Matt falou e, por Deus, como ela ansiava pelo som da voz dele.

– Adoro olhar nos seus olhos, Katie, e ver toda essa sinceridade deles. Adoro seu sotaque arrastado. Você é única e eu adoro isso. Adoro estar com você. Nunca me canso disso. Nem por um minuto, desde que a conheci. Você é uma ótima editora. É uma ótima carpinteira também. Sim, você *é* alta, mas o que mais importa é que você é encantadora.

Katie percebeu que estava sorrindo. Não conseguiu evitar. Ali estavam eles, os dois, de joelhos no centro da cidade. Ninguém jamais poderia entender o que estavam fazendo e por quê. Talvez nem eles mesmos compreendessem.

– Olá, estranho – disse ela. – Fui procurar por você, Matt. Fui até Vineyard. Finalmente tomei coragem.

Matt sorriu.

– Eu fiquei sabendo. Melanie e as meninas me contaram. Elas também acharam você encantadora.

– E o que mais? – Katie perguntou.

Ela precisava ouvir mais, saber mais, ansiava por qualquer coisa que ele lhe dissesse. Nossa, como estava feliz por vê-lo de novo! Não havia imaginado que ficaria tão eufórica, qual seria a sensação.

– O que mais? Bom, o motivo pelo qual estou aqui, de joelhos, é que quero me entregar a você, Katie. Tenho certeza disso. Finalmente estou pronto. Se você me quiser, sou seu. Quero ficar com você. Quero ter filhos com você. Eu amo você. Nunca mais vou deixá-la. Eu prometo, Katie. Prometo de todo o meu coração.

E então eles se beijaram.

NAQUELE MÊS DE OUTUBRO, Katie Wilkinson e Matt Harrison se casaram na capela de Kitty Hawk, nas maravilhosas Outer Banks da Carolina do Norte.

As famílias Wilkinson e Harrison se deram bem desde o começo e logo se tornaram uma só. Todos os amigos de Katie de Nova York foram ao casamento, passaram uns dias na praia e ficaram vermelhos como camarões. Já os amigos da Carolina do Norte preferiram a sombra das varandas e das copas das árvores. Os dois grupos, entretanto, foram unânimes ao aprovar uma bebida típica refrescante feita com uísque, gelo e hortelã.

Apesar de Katie ser magra, a barriga não estava aparecendo muito. Poucos convidados sabiam da gravidez da noiva. Quando ela contou a Matt, ele a abraçou e beijou e disse que era a pessoa mais feliz do mundo.

– Eu também – disse Katie. – Aliás, nós também.

A cerimônia e a festa foram simples, mas lindas, realizadas sob o céu azul e sem nuvens, num dia de temperatura bastante amena. Alta e fascinante, Katie parecia um anjo alado em seu vestido branco. O casamento foi singelo do começo ao fim. As mesas estavam decoradas com fotos de família. As damas de honra levaram buquês de hortênsias cor-de-rosa clarinho.

Enquanto fazia seus votos, Katie não pôde deixar de pensar: *família, saúde, amigos, integridade – as preciosas bolas de vidro.*

Agora ela compreendia.

E era assim que viveria dali em diante, ao lado de Matt e do lindo bebê deles.

Não é uma sorte?

CONHEÇA OUTROS TÍTULOS DA EDITORA ARQUEIRO

O melhor de mim
Nicholas Sparks

Na primavera de 1984, os estudantes Amanda Collier e Dawson Cole se apaixonaram perdidamente. Embora vivessem em mundos muito diferentes, o amor que sentiam um pelo outro parecia forte o bastante para desafiar todas as convenções de Oriental, a pequena cidade em que moravam.

Nascido em uma família de criminosos, o solitário Dawson acreditava que seu sentimento por Amanda lhe daria a força necessária para fugir do destino sombrio que parecia traçado para ele. Ela, uma garota bonita e de família tradicional, que sonhava entrar para uma universidade de renome, via nele um porto seguro para toda a sua paixão e seu espírito livre. Infelizmente, quando o verão do último ano de escola chegou ao fim, a realidade os separou de maneira cruel e implacável.

Vinte e cinco anos depois, eles estão de volta a Oriental para o velório de Tuck Hostetler, o homem que um dia abrigou Dawson, acobertou o namoro do casal e acabou se tornando o melhor amigo dos dois.

Seguindo as instruções de cartas deixadas por Tuck, o casal se verá diante de sentimentos que há décadas sufocava. Após tanto tempo longe, Amanda e Dawson irão perceber que não tiveram a vida que esperavam e que nunca conseguiram esquecer o primeiro amor. Um único fim de semana juntos e talvez seus destinos mudem para sempre.

Num romance envolvente, Nicholas Sparks mostra toda a sua habilidade de contador de histórias e reafirma que o amor é a força mais poderosa do Universo – e que, quando duas pessoas se amam, nem a distância nem o tempo podem separá-las.

O casamento
Nicholas Sparks

O advogado Wilson Lewis é casado com Jane há quase três décadas. Os dois já criaram três filhos e têm uma vida confortável e sem grandes sobressaltos na bucólica cidade de New Bern, na Carolina do Norte.

Porém, quando esquece seu aniversário de 29 anos de casamento, Wilson ameaça a aparente estabilidade da relação. Esse descuido é apenas a gota d'água em uma longa lista de decepções que sua negligência e falta de romantismo já causaram à esposa.

Com medo de que Jane não o ame mais e esteja pensando em deixá-lo, Wilson decide se aconselhar com o sogro, Noah, e mergulha de cabeça em um ambicioso projeto de um ano para reacender a chama de seu relacionamento.

Quando esses 12 meses estão quase no fim, sua filha Anna anuncia que vai se casar dali a duas semanas, exatamente no dia do aniversário de 30 anos de matrimônio dos pais. Agora que a hora da verdade está chegando, o evento se torna a oportunidade perfeita para Wilson descobrir se valeu a pena todo o seu esforço para que ele e Jane voltem a ser felizes.

Água para elefantes
Sara Gruen

Desde que perdeu sua esposa, Jacob Jankowski vive numa casa de repouso, cercado por senhoras simpáticas, enfermeiras solícitas e fantasmas do passado. Durante 70 anos Jacob guardou um segredo: nunca falou a ninguém sobre o período de sua juventude em que trabalhou no circo. Até agora.

Aos 23 anos, Jacob era um estudante de veterinária, mas teve sua vida transformada após a morte de seus pais num acidente de carro. Órfão, sem dinheiro e sem ter para onde ir, ele deixa a faculdade antes de fazer as provas finais e, desesperado, acaba pulando em um trem em movimento, o Esquadrão Voador do circo Irmãos Benzini, o Maior Espetáculo da Terra.

Admitido para cuidar dos animais, Jacob sofrerá nas mãos do Tio Al, o empresário tirano do circo, e de August, o ora encantador, ora intratável chefe do setor dos animais.

É também sob as lonas que ele se apaixona duas vezes: primeiro por Marlena, a bela estrela do número dos cavalos e esposa de August; e depois por Rosie, a elefanta aparentemente estúpida que deveria ser a salvação do circo.

Água para elefantes é tão envolvente que seus personagens continuam vivos muito depois de termos virado a última página. Sara Gruen nos transporta a um mundo misterioso e encantador, construído com tamanha riqueza de detalhes que é quase possível respirar sua atmosfera.

A linguagem das flores
Vanessa Diffenbaugh

Victoria Jones sempre foi uma menina arredia, temperamental e carrancuda. Por causa de sua personalidade difícil, passou a vida sendo jogada de um abrigo para outro, de uma família para outra, até ser considerada inapta para adoção.

Ainda criança, se apaixonou pelas flores e por suas mensagens secretas. Quem lhe ensinou tudo sobre o assunto foi Elizabeth, uma de suas mães adotivas, a única que a menina amou e com quem quis ficar... até pôr tudo a perder.

Agora, aos 18 anos e emancipada, ela não tem para onde ir nem com quem contar. Sozinha, passa as noites numa praça pública, onde cultiva um pequeno jardim particular.

Quando uma florista local lhe dá um emprego e descobre seu talento, a vida de Victoria parece prestes a entrar nos eixos. Mas então ela conhece um misterioso vendedor do mercado de flores e esse encontro a obriga a enfrentar os fantasmas que a assombram.

Em seu livro de estreia, Vanessa Diffenbaugh cria uma heroína intensa e inesquecível. Misturando passado e presente num intricado quebra-cabeça, *A linguagem das flores* é essencialmente uma história de amor – entre mãe e filha, entre homem e mulher e, sobretudo, de amor-próprio.

O guardião de memórias
Kim Edwards

Casados há poucos anos, Norah e David esperavam felizes a chegada de seu primeiro filho. Mas essa alegria duraria pouco: o destino havia preparado uma surpresa que mudaria para sempre a trajetória dos dois.

O que deveria ser uma boa notícia transforma-se num terrível pesadelo. Norah dá à luz duas crianças: Paul, um menino saudável, e Phoebe, portadora da síndrome de Down. Imediatamente, David lembra-se da complicada infância ao lado de uma irmã com a mesma doença. Desejando ardentemente poupar a esposa e a si mesmo desse sofrimento, ele decide expulsar a filha de suas vidas.

Mas o preço dessa decisão acaba sendo alto demais – e não há chance de voltar atrás. Pouco a pouco, a culpa corrói o núcleo da família, e durante os 25 anos seguintes cada um vai lentamente se fechando em torno de suas próprias angústias.

Atormentado pelo arrependimento, David fica obcecado por fotografar imagens de crianças, tentando compensar a saudade da filha. Norah, cada vez mais afastada da vida do marido, entrega-se ao álcool e a pequenas infidelidades, buscando em vão distrair-se da avassaladora dor da perda.

Enquanto isso, Paul sente na pele a rejeição dos pais, que parecem mais envolvidos na suposta morte da irmã do que na sua vida. Em outra cidade, porém, Phoebe cresce feliz e cercada de cuidados pela mãe adotiva, que luta para dar à menina uma vida digna e livre de preconceitos.

Com a rara habilidade de unir emoção e suspense, Kim Edwards explora as sutilezas das relações humanas e os dilemas de uma família que tenta seguir adiante, apesar de despedaçada. Ao mesmo tempo comovente e perturbador, *O guardião de memórias* é um livro inesquecível.

Lago dos Sonhos
Kim Edwards

Lucy Jarrett é uma jovem de espírito aventureiro que, depois da morte do pai, saiu de casa para cursar a faculdade e, desde então, não teve mais pouso certo. Bem-sucedida em sua carreira, ela vai aonde a vida a leva, sempre pulando de um país para outro, de um bom emprego para outro ainda melhor.

De repente ela se vê estagnada: morando com o namorado no Japão, Lucy não consegue arrumar trabalho e a relação deles está visivelmente abalada.

Ao saber que sua mãe sofreu um acidente sem gravidade, Lucy decide ir visitá-la em Lago dos Sonhos. Lá descobre que a mãe está pensando em vender a propriedade da família e que seu namorado da adolescência tem um filho e um próspero ateliê de fabricação de vidro.

Diante dessas mudanças, Lucy precisa enfrentar a realidade: apesar de ter ido embora e por muito tempo ter julgado aqueles que ficaram, ela é que nunca conseguiu superar o trauma causado pela morte do pai.

A descoberta de um bilhete e de outras pistas lança luz sobre uma parte da família até então desconhecida: uma antepassada sufragista, que por alguma razão, abandonou sua única filha e se envolveu com um artista famoso na época.

Intrigada com a história dessa mulher e com os motivos pelos quais sua existência nunca fora mencionada, Lucy sai em busca da verdade que até então permaneceu oculta. O que ela vai descobrir mudará para sempre a percepção que tem de sua família, da morte do pai e de sua própria vida.

Em *Lago dos Sonhos*, Kim Edwards, autora de *O guardião de memórias*, cria uma história tocante que nos faz entender que mudar não é apenas ir de um lugar a outro.

Julieta

Anne Fortier

Julie Jacobs é uma moça reservada e solitária. Ainda criança, perdeu os pais num terrível acidente de carro e foi criada por sua tia-avó Rose. Durante toda a vida, Julie teve problemas de relacionamento com Janice, sua insuportável irmã gêmea, e a pessoa de quem se sentia mais próxima era Umberto, o fiel mordomo de Rose.

É ele que vai ao seu encontro para dar a triste notícia da morte da tia e lhe entrega uma carta com uma revelação bombástica: seu verdadeiro nome é Giulietta Tolomei. A carta diz também que, antes de morrer, sua mãe descobrira um antigo tesouro de família e, ao que parece, algo muito valioso ainda está escondido em Siena.

Embora descrente, Julie viaja para sua cidade natal a fim de recuperar a herança da mãe. Ao chegar lá, encontra apenas objetos velhos, aparentemente sem valor. Ela também conhece algumas pessoas, quase todas adoráveis, com exceção de Alessandro, de quem desgosta de cara.

Lendo um velho diário que encontrou entre os pertences da mãe, Julie descobre que sua família, os Tolomei, tem uma antiga inimizade com os Salimbeni e que essa rixa provocara uma tragédia que atravessou os séculos – e que Shakespeare tornou mundialmente famosa ao escrever *Romeu e Julieta*.

Quanto mais fundo ela mergulha na história de seus ancestrais, Romeo e Giulietta – e de sua própria família –, e quanto mais perto chega do tesouro supostamente deixado pela mãe, maiores são os riscos que a cercam.

Pouco a pouco Julie, ou Giulietta, vai perceber que, nessa cidade, passado e presente parecem indissociáveis. E que nem sempre se pode ter certeza de quem é ou não confiável.

Guerreiros da esperança
Andréa Hirata

A ilha de Belitung, na Indonésia, é riquíssima em recursos naturais, mas abriga contrastes sociais gritantes: de um lado, a grande empresa de extração de estanho, com suas modernas instalações e seus ricos executivos; de outro, o povo nativo, que vive numa miséria indescritível.

É nesse cenário que a jovem professora Bu Mus e o diretor Pak Harfan tentam garantir a seus dez alunos o direito inalienável à educação. Eles têm que lutar contra as mais diversas dificuldades, como o estado decrépito do casebre em que as aulas acontecem, as constantes ameaças do superintendente escolar e as gigantescas escavadeiras, prontas para explorar o solo em seu terreno.

Porém, o maior de todos os desafios é insuflar naquelas crianças a dignidade e a autoconfiança. E nisso os professores são bem-sucedidos. Juntos, seus alunos aprendem o valor dos amigos, conseguem descobrir o que há de melhor em cada um e conquistam feitos inéditos para sua pequena escola de aldeia.

Com mais de 5 milhões de exemplares vendidos, *Guerreiros da esperança* se tornou o maior fenômeno editorial de todos os tempos na Indonésia. Em seu livro de estreia, Andrea Hirata nos leva numa comovente viagem pela beleza das amizades de infância, pela pureza do primeiro amor e pelo poder de superação que só o exemplo e a educação são capazes de oferecer.

Desaparecido para sempre
Harlan Coben

Will Klein levava uma vida tranquila num subúrbio rico de Nova Jersey até que seu irmão mais velho, Ken, some ao ser acusado de estuprar e assassinar sua vizinha Julie Miller. Para a polícia, Ken torna-se um foragido internacional. Mas sua família, que nunca mais teve notícias dele, prefere acreditar que ele morreu a aceitar que seja um criminoso.

Pelo menos era o que Will pensava até que, 11 anos depois, no leito de morte, a mãe lhe revela que seu irmão estaria vivo. Quando resolve investigar melhor o caso, Will sofre outro grande choque: sua namorada, Sheila – que sempre manteve seu passado em segredo –, desaparece e as impressões digitais dela são encontradas na cena de um crime no Novo México.

Será que essas tragédias poderiam ter algo em comum? Por seu envolvimento com os principais suspeitos dos dois casos de assassinato, Will se vê às voltas com o obstinado diretor-assistente Joseph Pistillo, um dos agentes mais poderosos do FBI.

Para tornar tudo ainda mais estranho e perturbador, ele passa também a ser perseguido por um psicopata implacável que ressurge enigmaticamente do seu passado.

Enquanto procura compreender esses acontecimentos com a ajuda de seu amigo Squares, um iogue ex-partidário do nazismo, e de Katy, a irmã mais nova de Julie, Will descobre que a verdade nem sempre é o que parece ser – e raramente é o que gostaríamos.

Denso, avassalador e surpreendente, esse thriller traz revelações e descobertas que se sucedem num turbilhão de emoções e não cessam até a última página.

Confie em mim

Harlan Coben

A vida no subúrbio de Livingston parece perfeita. Ao olhar para aquelas mansões, todos acreditam que as pessoas que vivem ali são completamente felizes. Mas a verdade é que, como em qualquer lugar do mundo, cada uma daquelas famílias tem a sua tragédia particular.

Mike e Tia Baye, preocupados com seu filho Adam, resolvem invadir a privacidade do garoto e espioná-lo.

Betsy Hill sente-se culpada por não ter percebido as mudanças no comportamento de seu filho Spencer e por não ter feito nada que pudesse evitar seu suicídio.

Guy Novak cria sozinho Yasmin, mas, embora seja um pai extremamente dedicado, não consegue impedir que um infeliz comentário de um professor torne a infância da menina um inferno.

Lucas Loriman está gravemente doente e precisa de um transplante de rim, mas sua mãe Susan guarda um segredo devastador que pode arruinar a família.

Enquanto acompanha as dores, preocupações e angústias de cada um desses personagens, você vai mergulhar numa aventura emocionante e cheia de mistérios, em que todas essas histórias, aparentemente independentes, se conectam num final surpreendente e arrebatador.

Em *Confie em mim*, Harlan Coben nos faz pensar sobre como pais desesperados são capazes de ultrapassar todos os limites na tentativa de proteger seus filhos.

Tudo pode mudar

Jonathan Tropper

Aos 32 anos, Zachary King é um homem que parece ter a sorte a seu favor. Possui um emprego estável, divide um apartamento luxuoso com um amigo milionário e está noivo de Hope, uma jovem inteligente, sensual e muito acima de seu nível social.

Mas tudo começa a mudar quando ele encontra sangue em sua urina. Preocupado, procura imediatamente um médico, que o aconselha a investigar a causa do sangramento.

Obcecado pela ideia de que se trata de um câncer, Zack começa a refletir sobre sua vida e as escolhas que fez até então. Nada parece satisfazê-lo de verdade. Seu trabalho é estressante demais e ele não tem certeza se ama Hope da forma como deveria.

À medida que o casamento se aproxima, Zack é assombrado pela lembrança de Rael, seu melhor amigo, morto em um acidente dois anos antes, e por seus sentimentos cada vez mais complicados por Tamara, a bela viúva de Rael.

Como se tudo isso não fosse ruim o bastante, seu pai, um homem inconsequente e viciado em Viagra, reaparece após 20 anos de ausência tentando reparar os erros do passado.

Mesmo relutando em aceitar a presença do pai, Zack vai aos poucos se deixando influenciar pelo seu comportamento irresponsável e acaba tomando atitudes extremas, com resultados desastrosos. Em pouco tempo, sua vida amorosa se torna caótica e sua existência, antes tão bem-estruturada, entra em um redemoinho que foge ao seu controle.

Tudo pode mudar é um romance inteligente, emocionante e sexy – uma história cruelmente divertida sobre as armadilhas do amor e as reviravoltas da vida.

CONHEÇA OS CLÁSSICOS DA EDITORA ARQUEIRO

Queda de gigantes, de Ken Follett

Não conte a ninguém, *Desaparecido para sempre*, *Confie em mim* e *Cilada*, de Harlan Coben

A cabana, de William P. Young

A farsa, *A vingança* e *A traição*, de Christopher Reich

Água para elefantes, de Sara Gruen

O símbolo perdido, *O Código Da Vinci*, *Anjos e demônios*, *Ponto de Impacto* e *Fortaleza Digital*, de Dan Brown

Julieta, de Anne Fortier

O guardião de memórias, de Kim Edwards

O guia do mochileiro das galáxias; *O restaurante no fim do Universo*; *A vida, o Universo e tudo mais*; *Até mais, e obrigado pelos peixes!* e *Praticamente inofensiva*, de Douglas Adams

O nome do vento, de Patrick Rothfuss

A passagem, de Justin Cronin

A revolta de Atlas, de Ayn Rand

A conspiração franciscana, de John Sack

INFORMAÇÕES SOBRE OS PRÓXIMOS LANÇAMENTOS

Para saber mais sobre os títulos e autores
da EDITORA ARQUEIRO,
visite o site www.editoraarqueiro.com.br
ou siga @editoraarqueiro no Twitter.
Além de informações sobre os próximos lançamentos,
você terá acesso a conteúdos exclusivos e poderá participar
de promoções e sorteios.

Se quiser receber informações por e-mail,
basta cadastrar-se diretamente no nosso site.

Para enviar seus comentários sobre este livro,
escreva para atendimento@editoraarqueiro.com.br
ou mande uma mensagem para @editoraarqueiro no Twitter.

EDITORA ARQUEIRO
Rua Funchal, 538 – conjuntos 52 e 54 – Vila Olímpia
04551-060 – São Paulo – SP
Tel.: (11) 3868-4492 – Fax: (11) 3862-5818
E-mail: atendimento@editoraarqueiro.com.br